Mai 23

Magische

Lesestunden

wünscht

C. Below ♥

Christin-Marie
Below

Moon

Tara und
das Mondlichtpferd

SCHNEIDERBUCH

1. Auflage 2023
Deutsche Erstausgabe

Umschlaggestaltung: Frauke Schneider
Umschlagabbildung: © Marie Beschorner
Gesetzt aus der Palatino
von GGP Media GmbH, Pößneck
Druck und Bindung: GGP Media GmbH, Pößneck
Printed in Germany ·ISBN 978-3-505-15088-3

www.schneiderbuch.de
Facebook: facebook.de/schneiderbuch
Instagram: @schneiderbuchverlag

Klimaneutral
Druckprodukt
ClimatePartner.com/15109-2009-1001

FSC MIX Papier FSC® C014496

Inhalt

Für Ina, weil du großartig bist!

Prolog

Ein Windstoß streifte die Weide und ließ die Gräser im Wind tanzen. Kalinda blickte in den Himmel und beobachtete eine Wolke, die sich langsam vor den Vollmond schob. Sie wusste, dass es nicht mehr lange dauern würde.

»Endlich«, flüsterte sie, als sie Moon in der Ferne entdeckte.

Die graue Stute galoppierte über die weiten Felder auf sie zu, blieb neben ihr stehen und wieherte leise.

Behutsam legte Kalinda ihre Hand auf Moons Blesse, die aussah wie ein kleiner Halbmond, umgeben von unzähligen Sternen. Sie schloss die Augen. Das Band, das beide miteinander teilten, hätte stärker nicht sein können.

»Ich weiß, du musst gehen.« Kalinda blinzelte eine Träne weg. »Ich wollte dich nur ein letztes Mal sehen.«

Moon stupste Kalinda sanft an, legte ihren Kopf auf die Schulter der Frau und schnaubte leise.

»Ich gebe dich frei, meine Freundin«, sagte Kalinda. Genau in dem Moment zog die Wolke vorüber und erlaubte dem Mondlicht, die Schönheit der Stute zu entfalten. So wie auch bei ihrer ersten Begegnung, die Kalinda nie vergessen würde: Unscheinbar hatte die Stute auf der Weide zwischen den anderen Pferden gestanden. Bis Kalinda an den Zaun getreten war. Moon hatte den Kopf gehoben, hatte sie unverwandt angesehen. Dann hatte der Wind die Wolke weggepustet, und Moons Fell hatte begonnen zu schimmern. Der Anblick war unbeschreiblich schön gewesen, so wie heute.

»Danke«, sagte Kalinda.

Wiehernd galoppierte Moon davon.

Vom Großstadtmädchen zum Landei

Jetzt bloß nicht heulen, ermahne ich mich und stecke mir schnell meine Kopfhörer in die Ohren. So bin ich abgelenkt, und vor allem kann ich so tun, als würde ich meine Mutter nicht hören.

Sie schaut prompt zu mir rüber und sagt: »Warte ab, Tara, mit der Zeit wird es dir dort gut gefallen, da bin ich mir ganz sicher.«

Demonstrativ erhöhe ich die Lautstärke und lasse meinen Kopf gegen die Autoscheibe sinken. Ich weiß nicht, wie oft ich Billie Eilishs Songs schon rauf und runter gehört habe. Heute kann allerdings selbst meine Lieblingssängerin meine Laune nicht bessern.

»Dann eben nicht!«, sagt meine Mutter so laut, dass ich es trotzdem hören kann, und startet den Wagen.

Mein Herz zerbricht in tausend Stücke. Ich will hier nicht wegziehen, ich will in der Stadt bleiben, in meiner Straße, bei meinen Leuten, meiner Schule. Und bei Maja, der besten Freundin der Welt.

Aber mich hat ja keiner gefragt – wie immer. Meine Eltern haben einfach über meinen Kopf hinweg entschieden. Jetzt sitze ich hier und bin auf dem Weg in meinen ganz persönlichen Albtraum. Vom Großstadtmädchen zum Landei. Womit habe ich das bloß verdient? Ich schließe die Augen und denke an Maja. Ich werde sie so fürchterlich vermissen. Jetzt im Moment liegt sie mit den anderen im Schwimmbad. Sie haben bestimmt Riesenspaß, schwimmen um die Wette, spritzen sich gegenseitig nass, futtern Pommes mit Mayo und danach ein Eis. Ohne mich. Ob irgendjemand von ihnen an mich denkt? Ob sie mich vermissen werden? Oder einfach irgendwann vergessen? Mein Bauch zieht sich zusammen. Ich bin traurig, und sauer bin ich auch.

Zum Glück versucht Mama erst gar nicht weiter, eine Unterhaltung anzufangen, sie lässt mich in Ruhe Musik hören.

Mit jedem Kilometer, den wir fahren, wird meine Laune schlechter. Da wird mein Lieblingssong *»Lovely«* plötzlich durch ein schrilles Piepen unterbrochen, darauf folgt Stille. Na super, ich habe tatsächlich vergessen, meine Kopfhörer aufzuladen. Auch das noch! Genervt ziehe ich die Stöpsel aus meinen Ohren und seufze.

»Oh, meine Tochter lebt«, witzelt Mama.

Ich verdrehe die Augen. »Wie lange fahren wir noch?«

»Ungefähr eine Stunde.«

»Können wir an der nächsten Raststätte anhalten? Ich muss mal.«

»Klar, ich habe schon darauf gewartet.« Mama schaut kurz zu mir rüber und grinst mich an. »Das ist auch früher schon so gewesen. Spätestens nach zweihundert Kilometern hat sich deine Blase gemeldet, wenn wir längere Strecken zurücklegen mussten. Weißt du noch?«

Als würde ich das jemals vergessen. Damals hat in der Regel mein Vater hinter dem Steuer gesessen und meine Mutter neben mir auf der Rückbank. Als ich noch klein war, waren wir nämlich eine glückliche Familie. Aber den Kommentar verkneife ich mir lieber. Dafür kann Mama nichts. Ich weiß, dass Papa es war, der uns verlassen hat, auch wenn beide behaupten, sie hätten es gemeinsam entschieden. Nur dumm, dass sie so laut darüber gestritten haben, dass ich jedes Wort mitbekommen habe. »Da müssen wir jetzt durch, du und ich«, hat Mama zu mir gesagt. »Gemeinsam schaffen wir alles.« Sie hat gut reden, im Gegenteil zu mir freut sie sich auf unser neues Zuhause. Ihre Augen glänzen, wenn sie von dem schönen alten Resthof spricht, in dem wir bald wohnen. Aber letztendlich ist es nichts weiter als ein runtergekommener Bauernhof, nur ohne Tiere – von den Hühnern im Garten mal abgesehen.

Einen kurzen Moment später fahren wir von der Autobahn ab. Es ist viel los an der Raststätte. Mama parkt das Auto im Schatten eines Campingwagens. Gleich neben uns hält eine Familie. Zwei kleine Mädchen stürmen aus dem Auto. Dicht gefolgt von einer Frau laufen sie in Richtung der Raststätte. Ihr Wagen ist bis unter das Dach voll mit Gepäck. Die anderen Leute sind anscheinend auf dem Weg in den Urlaub, irgendwohin, wo es schön ist. Ich stecke mein Handy in die Hosentasche und steige mit genervter Miene aus dem Auto.

»Soll ich mitkommen?«, fragt Mama.

»Ich bin zwölf, keine drei«, antworte ich.

Mama steigt ebenfalls aus, streckt sich, und ich stapfe allein los. Als ich weit genug weg bin, so weit, dass sie mich nicht mehr hören kann, ziehe ich mein Handy aus der Hosentasche, um Maja eine Sprachnachricht zu schicken. Ich weiß, dass Maja ihres ausgestellt hat. Und dass sie es im Schließfach in der Umkleidekabine aufbewahrt. Aber sie hat mir versprochen, zwischendurch mal nachzuschauen, ob ich mich gemeldet habe.

»Ich vermiss dich«, sage ich. »So was von!« Mehr bekomme ich nicht über die Lippen, weil plötzlich ein großer Kloß in meinem Hals steckt. Jetzt bloß nicht anfangen zu heulen! Nicht in der Warteschlange vor dem Klo, vor allen Leuten. Wie peinlich wäre das denn? Schnell lasse ich das Handy wieder in der Hosentasche verschwinden.

Wieder zurück im Auto lächelt mich Mama fröhlich an. »Was hältst du von Mittagessen?« Sie legt mir meine Frühstücksdose auf den Schoß. »Toast mit Nusscreme.«

So was Ungesundes gibt es bei uns selten. »Weil du ein schlechtes Gewissen hast?«, frage ich.

»Ach, Tara ...«, sagt Mama und sieht auf einmal traurig aus.

Hat ja super geklappt, jetzt habe ich das schlechte Gewissen, weil ich fies war.

»Tut mir leid«, nuschele ich, klappe die Brotbox auf und schaue auf einen Doppeldecker-Toast und ein paar kleine Toast-Herzen, die Mama mit einem Keksausstecher in Form gebracht hat. Die bekomme ich normalerweise nur, wenn ich krank bin. Aber so fühle ich mich gerade auch.

»Ich hab dich lieb«, sagt sie, und wir fahren weiter.

Nach einer Weile fällt mir Maja wieder ein. Vielleicht hat sie schon geantwortet. Ich greife in meine Hosentasche und bekomme schlagartig Panik. Wo ist mein Handy? Hektisch suche ich den Sitz ab und durchwühle meinen Rucksack, auch wenn mir längst klar ist, dass ich es darin nicht finden werde.

»Wir müssen zurückfahren, Mama«, rufe ich. »Ich hab mein Handy auf dem Klo liegen lassen.«

»Tara«, schimpft Mama, »erschreck mich doch nicht so, ich fahre!« Sie linst zu mir rüber. »Du hast was?«

»Mein blödes Handy auf dem Klo liegen lassen. Ich wollte nicht, dass es aus der Hosentasche in die Kloschüssel fällt, deswegen habe ich es auf das Ding gelegt, in dem die Ersatzklopapierrollen drinstecken.«

»Das neue Smartphone, Mensch, Tara, wirklich? Das ist jetzt schon das zweite innerhalb von einem Jahr.«

»War doch keine Absicht.« Ich blinzele ein paar Tränen weg. Ohne mein Handy bin ich verloren. »Was machen wir denn jetzt? Können wir zurückfahren, bitte!«

»Na gut.« Mama seufzt. »Hoffentlich hat es jemand abgegeben.« Kurz vor der nächsten Ausfahrt setzt sie den Blinker, um dann in die entgegengesetzte Richtung wieder auf die Autobahn aufzufahren.

Doch mein Handy ist verschwunden. Irgendeine fiese Kuh muss es gefunden haben und freut sich jetzt darüber. Die Welt ist schlecht – und mir geht es auch schlecht.

»Wie lange noch?«, brumme ich, als wir wieder auf der Autobahn sind.

»Eine halbe Stunde.« Meine Mutter macht das Radio an, sucht einen Sender und stellt tatsächlich einen ein, der Schlagerlieder spielt.

»Nicht dein Ernst!«, sage ich.

Mama grinst. »Weißt du noch, früher?« Und da fängt sie auch schon an, lautstark – und schief – *Das rote Pferd* zu singen.

Wenn ich könnte, würde ich mich jetzt auf der Stelle in ein anderes Universum beamen – oder besser ins Schwimmbad, zu Maja, Luca und Josy.

»Muah, Mama!« Ich schüttle den Kopf und kreuze die Arme vor der Brust, aber sie zieht es bis zum bitteren Ende durch. Singt jede Zeile mit. Total peinlich!

Maja würde sich kringeln vor Lachen. Ich stoße einen tiefen Atemzug aus, während meine Mutter auf das nächste Lied wartet.

Ich lasse *Ein Bett im Kornfeld* und *Atemlos* über mich ergehen, bevor Mama aufgibt.

»Es tut mir leid, Schatz, ich weiß, dass du sehr traurig bist.« Sie seufzt. »Aber momentan ist es einfach das Beste – vorerst.«

Ich horche auf und hake sofort nach. »Vorerst?«

»Am allerwichtigsten ist mir, dass es dir gut geht«, erklärt sie.

Das ist meine Chance!

»Und wenn nicht?«, frage ich. »Was, wenn es mir da total schlecht geht und es überhaupt nicht besser wird?«

»Dann finden wir vielleicht eine andere Lösung«, antwortet Mama ausweichend.

Yes! Ich werde einfach jeden Tag raushängen lassen, wie unheimlich traurig ich bin, wie mies es mir geht und dass ich mir nichts sehnlicher wünsche, als mein altes Leben wiederzubekommen. Dann müssen wir wieder zurückziehen!

»Wir sind da!«, sagt Mama, während wir einen holprigen Feldweg entlangfahren. »Ist es nicht wunderschön?«

»Ich bin nicht zum ersten Mal hier.« Wir haben Barbara vor ein paar Wochen schon mal auf ihrem neuen Hof besucht. Allerdings hat Mama mir dabei taktisch klug nicht mitgeteilt, dass sie vorhat, mit mir zu ihr zu ziehen. Gelangweilt schaue ich aus dem Fenster. Hier ist nichts! Und mit nichts meine ich wirklich nichts! Weit und breit sehe ich nur Felder. Bis auf einen weiteren Hof gibt es noch nicht einmal Nachbarn. Ich bin am A. der Welt!

Mama parkt den Wagen direkt vor dem alten Fachwerkhaus. Daneben steht die umgebaute Scheune, in der wir ab sofort wohnen werden. Für einen Urlaub ist es ja ganz nett …

Aber auf Dauer?

Ich öffne die Autotür, steige aus dem Wagen und quietsche laut auf. »Mist!« Ich stehe bis zu den Knöcheln in einer riesigen, matschigen Pfütze, und zu allem Überfluss läuft mir die dreckige Suppe auch noch in die Turnschuhe. Jetzt ist es offiziell. Heute ist nicht der schlimmste, heute ist der allerschlimmste Tag meines Lebens!

2.

Das Steinzeithandy

»Da seid ihr ja endlich!« Meine Patentante Barbara stürmt mit ausgebreiteten Armen auf uns zu. Sie sieht aus wie immer, ihre kurz geschnittenen braunen Locken wippen bei jedem Schritt. Ein Lächeln umspielt ihre Lippen. Um ihre Augen hat sie freundliche kleine Fältchen. Sie trägt Jeans und ein lockeres Shirt mit V-Ausschnitt. Obwohl Mama und Barbara ungefähr in einem Alter sind, sieht meine Tante deutlich jünger aus. Liegt bestimmt an der Landluft. Milde lächelnd lasse ich die Begrüßungswelle über mich ergehen.

»Hallo, mein Sternchen«, sagt Barbara und drückt mir einen Kuss auf die Stirn. »Gut siehst du aus, deine Haare sind so schön blond durch die Sonne geworden, und wie hübsch deine Sommersprossen wieder sind!«

»Danke …«, murmle ich, während ich erst den einen und dann den anderen Fuß aus dem Matsch ziehe. Ich rümpfe die Nase und versuche, zur Belustigung meiner Patentante, den Dreck von meinen Schuhen zu schütteln.

»Willkommen auf dem Land«, sagt sie und lacht.

Na, herzlichen Dank auch.

Mama und ich folgen ihr in die alte Scheune. Gleich beim Betreten merke ich, dass es angenehm kühl ist. Wenigstens etwas. Mit dem Handrücken wische ich mir den Rest Schweiß von der Stirn. Schon seit Tagen ist es sehr warm, bestes Schwimmbadwetter sozusagen.

Ich stelle meinen Koffer neben die Garderobe. Die matschigen Schuhe lasse ich samt Socken vor der Tür. Der helle Flur führt direkt in den Wohnbereich mit offener Küche. Eine große Fensterfront mit direktem Zugang zu einem kleinen Garten zieht sich entlang des Wohnzimmers. Ob man da einen Pool aufstellen kann? Moment, ich will mich hier ja nicht einrichten. Ich will zurück zu Maja. Ich lasse mich auf einen der Stühle am Esstisch fallen. Die Fahrt, die Aufregung, das Handy, die Hitze … Ich bin tierisch erschöpft, und das merke ich jetzt.

»Wollt ihr etwas trinken?«, fragt Barbara. »Ich habe schon ein bisschen für uns eingekauft. Maracuja-Schorle? Die mögt ihr doch so gern.«

Ich nicke.

Kurz darauf stellt Barbara uns die eiskalten Getränke vor die Nase. Ich nehme einen großen Schluck und seufze. Das tut gut! Während Mama und Barbara sich unterhalten, schnappe ich mir meinen Koffer und schleiche mich, vorbei an der ersten Etage, in der Mamas Schlafzimmer ist, in die zweite Etage. Hier oben unterm Dach soll mein Reich werden, nur für mich allein. Genau das brauche ich jetzt auch. Ruhe. Ich habe sogar ein eigenes kleines Badezimmer. Direkt daneben liegt mein Zimmer. Der Raum ist groß, mit weiß gestrichenen Wänden und alten Balken, die ihn ziemlich gemütlich machen. Seit unserem letzten Besuch hat Tante Barbara ein neues, großes Bett aus hellem Holz, einen Schreibtisch und ein paar Kommoden und Schränke für mich gekauft. Um den Balken, direkt über meinem Bett, hat sie eine Lichterkette mit vielen kleinen Blümchen aus transparentem Papier gewickelt. Auf dem Schreibtisch steht eine ganze Reihe leerer Bilderrahmen. Die soll ich wohl mit Fotos füllen. Direkt daneben steht eine Staffelei mit einer leeren Leinwand darauf. Die Möbel gefallen mir, was aber kein Wunder ist. Jetzt weiß ich, warum Mama wochenlang mit mir durch etliche Möbelgeschäfte getigert ist. Sie meinte, dass ich mir alles aussuchen könne, was ich brauche. Aber ich dachte, ich dürfte mein Zimmer umgestalten. Mir war nicht klar, dass es auch gleich ausgetauscht wird. Es fühlt sich an, als hätte Mama mich hintergangen. Ich wünschte, sie hätte mir direkt die Wahrheit gesagt.

Ich setze mich an den Schreibtisch und schaue aus dem Fenster. Von hier aus kann ich auf die Ställe des Nachbarhofes gucken. Mir wird schlecht. Es ist ein Pferdehof. Warum ausgerechnet ein Pferdehof? Und warum ist mir das nicht schon aufgefallen, als wir Barbara das letzte Mal besucht haben? Mies gelaunt stehe ich auf und lasse mich mit dem Gesicht voran auf die Matratze fallen, inmitten eines Meeres aus beigefarbenen Kuschelkissen. »Das kann doch alles nicht wahr sein!«

»Tara, Schätzchen, aufwachen, es gibt Abendbrot«, flüstert Mama und streicht mir sanft über den Arm.

»Abendbrot?«, frage ich und blinzle verschlafen. »Jetzt schon?«

Mama lächelt. »Es ist neunzehn Uhr. Tante Barbara und ich haben alles vorbereitet. Hast du Hunger?«

Mein Bauch fühlt sich an, als wäre in ihm ein schwarzes Loch. Seit dem Toast im Auto habe ich nichts mehr gegessen, und die Nusscreme hat nicht wirklich lange satt gemacht. Das predigt Mama immer, wenn ich vor dem ungesunden Zeug im Supermarkt stehe, und sie hat recht, das macht sich jetzt bemerkbar. Mein Magen knurrt so laut, dass auch Mama es hören kann. Lust zu essen habe ich trotzdem nicht. »Kein Hunger«, flunkere ich.

Mama streicht mir eine Haarsträhne aus dem Gesicht. »Ach, bitte, Tara, gib dir einen Ruck.«

Sie sieht unglücklich aus. Wegen mir! Ich richte mich auf und lasse meinen Kopf gegen Mamas Schulter sinken.

»Ich hab dich lieb«, sagt sie. Bestimmt zum hundertsten Mal heute.

Die Worte kommen nur schleppend über meine Lippen. Aber trotzdem tut es gut, sie auszusprechen: »Ich dich auch.«

✦

Der Duft von Jasminreis und Curry steigt mir in die Nase. Mein Lieblingsessen.

»Oh, auch wieder wach?« Barbara strahlt mich an. Sie hat

ihr Haar oben auf dem Kopf zu einem winzigen Zopf gebunden. Um die Hüften hat sie sich eine absolut hässliche Spongebob-Schürze gewickelt. »Hast du großen Hunger?« Sie schaufelt den dampfenden Reis aus dem Reiskocher in eine Schüssel.

Totale Bestechung, aber es funktioniert. Ich setze mich an den gedeckten Tisch.

»Lecker!« Ich kratze den letzten Rest Curry von meinem Teller. Das Essen hat tatsächlich meine Laune gebessert. Zumindest ein bisschen. »Sag mal, Mama, kann ich Maja von deinem Handy aus anrufen? Sie macht sich bestimmt Sorgen, ich habe mich seit meiner Nachricht heute Mittag nicht mehr bei ihr gemeldet. Nicht, dass sie denkt, dass uns etwas passiert ist.«

Mama lächelt geheimnisvoll. »Dafür brauchst du mein Handy nicht, Tara. Barbara und ich haben eine Überraschung für dich. Wir wollten es dir eigentlich erst nach dem Nachtisch geben. Warte, ich bin gleich wieder da.« Sie steht auf und verschwindet im Flur.

Ob sie in so kurzer Zeit ein neues Handy für mich organisiert hat? Das wäre der Oberhammer! Es muss eins sein, wieso sollte sie sonst so auf meine Frage reagieren?

Wenig später steht Mama vor mir und grinst bis über beide Ohren. Hinter ihrem Rücken holt sie eine kleine Schachtel hervor und hält sie mir direkt vor die Nase. »Bitte schön, mein Schatz. Damit kannst du Maja zumindest übergangsmäßig erreichen.«

Ich öffne die Schachtel und ziehe eine Augenbraue hoch. Was soll das denn sein? Ein Steinzeithandy? Es ist winzig, aufklappbar und mit richtigen Tasten zum Drücken. Unfassbar. Mit dem Ding komme ich nie im Leben ins Internet. »Danke«, sage ich, kann meine Enttäuschung aber kaum verstecken.

»Nun zieh doch nicht so ein Gesicht, Tara. Mein altes Handy ist top in Schuss. Es ist zwar nicht gerade das neuste Modell, du kannst aber telefonieren, und SMS schreiben geht auch. Guthaben ist schon drauf, für die nächsten Tage sollte es reichen.«

Ohne meine Apps bin ich total von der Außenwelt abgeschnitten. Vor allem aber von Maja! Ich sag ja, heute ist der allerschlimmste Tag meines Lebens!

Trotz des miesen Handys möchte ich Tante Barbara gegenüber nicht zu undankbar sein. »Vielleicht hast du ja recht«, sage ich und versuche mir einzureden, dass ein bisschen Social-Media-Urlaub gar nicht so schlimm ist. Immerhin schwören die Stars und Influencer alle darauf.

»Das hat sie auf jeden Fall«, unterstützt Mama Barbara.

»Und was heißt übergangsmäßig genau?«, frage ich.

Mamas Gesichtsausdruck wird ernst. »Nun ja … Wir haben uns da etwas überlegt.«

»Was denn?«, hake ich nach.

Tante Barbara legt den Kopf schief und lächelt mich an. »Du hast doch bestimmt schon den Gnadenhof gesehen. Er liegt gleich nebenan. Von einem deiner Fenster aus kannst du die Ställe sehen.«

»Ja … Warum?«, frage ich.

Tante Barbara schaut zu meiner Mutter, und Mama nickt. O nein, das kann nichts Gutes bedeuten.

»Heute Morgen habe ich Elli, also die Betreiberin, getroffen. Sie hat mir erzählt, dass sie ganz dringend Hilfe in den Stallungen benötigt. Deine Mutter und ich hatten die Idee, dass du in den nächsten Wochen ein bisschen aushilfst und dir so etwas Geld für ein neues Smartphone verdienst. Zumindest, solange noch Ferien sind.«

Fassungslos und unfähig, auch nur einen Ton zu sagen, schaue ich abwechselnd zwischen den beiden hin und her. Immer dann, wenn ich denke, es kann kaum schlimmer werden, setzt das Leben, oder in diesem Fall meine Mutter und Tante Barbara, noch einen drauf.

Mama weiß ganz genau, dass ich nie wieder etwas mit Pferden zu tun haben wollte! Noch bevor ich antworten kann, schießen mir Tränen in die Augen. Mir wird heiß. Vor Wut, vor Enttäuschung. Ich springe von meinem Stuhl auf, renne die Treppen nach oben, knalle die Tür zu meinem Zimmer zu und lasse mich aufs Bett fallen. Tränen laufen über meine Wangen.

Vielleicht hätte ich lieber zu Papa ziehen sollen, aber was ich will, interessiert ja niemanden. Ich klappe das Steinzeithandy auf und tippe seine Nummer in das Tastenfeld. Zum Glück kenne ich sie auswendig. Es tutet ein paarmal bevor sich seine Mailbox einschaltet. Genervt lege ich das Handy wieder zur Seite und schließe die Augen. Ich kann nicht glauben, dass Mama mich wirklich auf den Hof schicken will. Ich hatte mir geschworen, nie wieder etwas mit Pferden zu tun zu haben! Nicht nach Majas schlimmem Unfall. Mama weiß das. Allein bei der Erinnerung an meine Freundin wird mir ganz anders. Die Bilder habe ich nie wieder aus dem Kopf bekommen, auch wenn Maja mittlerweile wieder ganz gesund ist.

Maja sagt immer, dass ich mich davon nicht unterkriegen lassen soll und auch, dass Bounty es nicht aus Böswilligkeit gemacht hat. Sie litt unter leichten Koliken, die bis dahin unbemerkt geblieben waren. Aber Maja ist seit dem Unfall nie wieder geritten, und auch ich habe mich nicht mehr auf einen Pferderücken gesetzt. Mama meint, manchmal hat es größere Folgen, bei etwas Schlimmem zuzusehen, als wenn es einem selbst passiert. Weil man dann machtlos ist und nicht helfen kann. Das hat Mama gut erkannt. Genauso habe ich mich gefühlt, als der Unfall direkt vor meinen Augen passiert ist, machtlos und hilflos. Und ein bisschen wütend.

Ich drehe mich auf den Rücken, puste mir eine Haarsträhne aus dem Gesicht und seufze laut. Es ist ruhig. Hier hört man keine Autos, keine Motoren, kein Hupen. Nur zwitschernde Vögel, bellende Hunde und natürlich, was sonst … das Wiehern eines Pferdes.

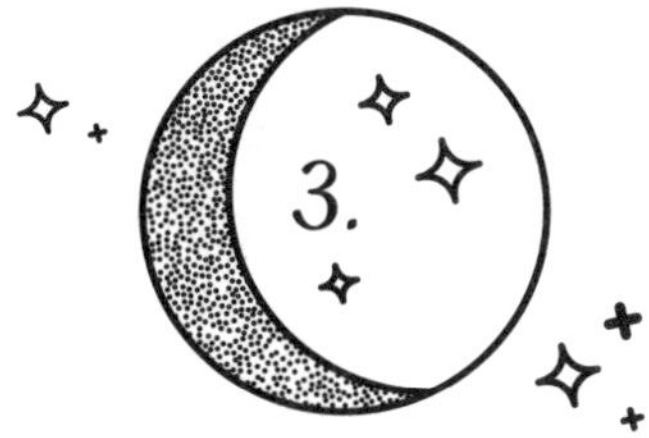

Tierretterin Tara

Ein Klopfen reißt mich aus meinen Gedanken. »Ja?«, sage ich.

Mama öffnet die Zimmertür einen Spaltbreit und linst herein. »Darf ich reinkommen?«

Ich nicke.

Sie setzt sich auf den Bettrand. In ihren Händen hält sie ein kleines Schälchen mit Vanillepudding und Erdbeeren. »Nachtisch«, sagt sie, lächelt schief und streckt mir die Schüssel entgegen.

»Danke.«

»Es tut mir leid«, fährt sie fort. »Ich wollte dich mit dem Gnadenhof nicht so überrumpeln. Ich dachte nur …«

»Was dachtest du?«, frage ich. »Du weißt ganz genau, dass ich mit Pferden nichts zu tun haben will!«

»Ehrlich gesagt hatte ich gehofft, dass du durch die Arbeit vielleicht deine Angst vor Pferden ein bisschen ablegen kannst. Du bist früher doch so unglaublich gerne geritten, Tara.«

»Aber früher ist früher, und heute ist heute«, sage ich und schiebe eine Erdbeere von der einen Seite der Schale zur anderen.

»Und das verstehe ich, mein Schatz. Aber manchmal tut es gut, sich seinen Ängsten zu stellen. Vielleicht denkst du noch einmal darüber nach. Wenn du wirklich nicht möchtest, ist das natürlich vollkommen in Ordnung. Dann finden wir eine andere Lösung, wie du wieder zu einem Handy kommst.«

Ich nicke.

»Gute Nacht, Tara«, sagt Mama, lächelt sanft und drückt mir einen Kuss auf die Stirn.

Ich warte noch kurz, bis sie die Tür hinter sich zugezogen hat, löffle den Vanillepudding aus und verschwinde ins Bad. Da fällt mir ein, dass ich mich noch gar nicht bei Maja gemeldet habe – und dass ich es gar nicht kann. Sie hat erst letztens eine neue Handynummer bekommen, und ich kann sie noch nicht auswendig. Mama hat die Festnetznummer, darüber telefoniert sie manchmal mit Majas Mama, aber da anzurufen, geht auch nicht. Dafür ist es zu spät, das gäbe Ärger mit Majas Mutter.

Traurig lege ich mich wieder ins Bett und rolle mich auf die Seite.

✦

Die Sonne kitzelt meine Nasenspitze. Ich blinzle verschlafen, strecke mich lang aus, gähne herzhaft und setze mich auf. So gut habe ich schon lange nicht mehr geschlafen.

Wie spät es wohl ist? Ich taste nach meinem Steinzeithandy. Halb elf, wow.

Ich klettere aus dem Bett und schaue durch das Fenster direkt auf den Gnadenhof. Ein Mädchen, sie müsste ungefähr in meinem Alter sein, führt ein Pony an den Ställen entlang. Ich kann einen wuscheligen schwarz-weißen Hund erkennen, der aufgeregt hinter den beiden herläuft, und einen Jungen, der Heu mit einer Gabel in eine Schubkarre hievt. Ich seufze laut, schlüpfe in meine Pantoffeln und gehe die Treppe hinunter. Mama sitzt am Küchentisch und liest Zeitung.

Sie lächelt. »Guten Morgen, Schatz.«

»Morgen«, sage ich und setze mich zu ihr. Der Frühstückstisch ist bereits gedeckt. Ich schütte mir etwas Müsli in eine Schüssel und gieße frische Milch aus einer Glasflasche dazu.

»Wie hast du geschlafen?«

»Geht so«, flunkere ich. Dass ich geschlafen habe wie ein Stein, muss sie nicht wissen.

»Das wird schon, warte ab«, sagt sie.

»Gibst du mir gleich mal die Festnetznummer von Majas Eltern?«

»Natürlich.« Sie zückt sofort ihr Handy. »Wofür brauchst du sie? Hat Maja auch kein Telefon mehr?«

»Doch, hat sie. Aber ich kenne ihre Nummer nicht auswendig.«

»Ich auch nicht.« Mama grinst. »Deswegen habe ich sie bei mir abgespeichert.«

»Majas Nummer?«

»Für alle Fälle, falls ich dich mal nicht erreiche oder irgendwas anderes Wichtiges ist.« Sie scrollt durch ihre Kontakte. »Willst du sie direkt bei dir eingeben?«

»Ja!«

Meine Laune ist gerade dabei, sich zu bessern, da schiebt Mama hinterher: »Ich fahre gleich ins Möbelhaus, kommst du mit? Vielleicht findest du ja auch noch was Schönes, was du brauchst.«

»Ein Smartphone«, gebe ich zurück.

Sie runzelt die Stirn. »Ich verstehe, dass du unbedingt ein neues möchtest. Aber es geht hier ums Prinzip. Du musst langsam lernen, sorgsamer mit deinen Sachen umzugehen. Es ist, wie gesagt, schon das zweite in kurzer Zeit. Und außerdem …« Sie zögert einen Moment, bevor sie weiterspricht. »Außerdem müssen wir ein bisschen sparen, bis ich hier einen neuen Job gefunden habe.«

Du kannst ja auf dem Gnadenhof arbeiten, schießt es mir durch den Kopf, ich behalte den Gedanken aber für mich. »Wenn wir sparen müssen, sollten wir auch keine Möbel kaufen«, sage ich stattdessen.

»Ich bekomme Rückenschmerzen von der Schlafcouch«, antwortet Mama, und sofort ist es wieder da, mein schlechtes Gewissen.

Mein Bett ist nigelnagelneu, die Matratze superbequem. Mama hat mir alles neu gekauft, will mir sogar noch etwas schenken. Sich selbst aber gar nichts.

»Ich brauche nichts, das Zimmer ist schön«, antworte ich also.

»Das freut mich, Schatz.«

»Ich bleibe lieber hier«, entscheide ich.

»Kann ich dich denn ein paar Stunden allein lassen?«

»Mama!« Ich verdrehe die Augen.

Sie lächelt liebevoll. »Ich vergesse immer mal ganz gern, dass du kein kleines Kind mehr bist.«

Kurze Zeit später verabschiedet sie sich von mir. Ich höre den Motor des Wagens, stelle meine Schüssel in die Spülmaschine und schlendere durch unser neues Zuhause. Eigentlich sieht es gar nicht so übel aus. Tante Barbara hat aus diesem Hof echt etwas gemacht.

Zurück in meinem Zimmer rufe ich Maja an. Es tutet dreimal, dann höre ich die Stimme meiner besten Freundin. Tränen schießen mir in die Augen. Ich vermisse sie jetzt schon so.

»Hallo?«, meldet sie sich.

Ein Kloß sitzt fest in meinem Hals. »Ich bin es, Tara.«

»Endlich! Ich habe mir riesige Sorgen gemacht«, ruft Maja aufgebracht.

»Ich weiß, tut mir leid! Aber du kannst dir nicht vorstellen, was mir gestern alles passiert ist. Es war der Horror!«, fange ich an, und dann erzähle ich ihr die komplette Geschichte. Von meinem Handy, Mamas Gesangskünsten, dem Matsch, der mir in die Schuhe gelaufen ist, und natürlich auch von der Sache mit dem Gnadenhof und dem Steinzeithandy, das ich gerade viel zu fest an mein Ohr drücke.

»Vielleicht solltest du es machen«, sagt Maja plötzlich. »Dann bekommst du ein neues Handy. Und außerdem tust du was Gutes. Auf einem Gnadenhof sind doch immer alte und kranke Tiere, oder? Denen kannst du dann helfen. Tierretterin Tara, sozusagen.«

»Tieren helfen ist natürlich schön, da hast du recht.« Ich seufze. »Aber wir haben beide gesagt, dass wir nie wieder was mit Pferden machen. Das … das war echt schlimm, was da passiert ist. Allein wenn ich daran denke …«

»Ja, das war schlimm. Aber mir geht es wieder richtig gut. Und … und weißt du, eigentlich fände ich es schön, wenn wir irgendwann wieder zusammen im Stall sein könnten. Vielleicht trau ich mich ja, wenn du dich traust.«

»Im Ernst?«

Sie schweigt einen Moment. »Ja. Ich würde schon gern. Der Stallgeruch fehlt mir. Und Gnadenhof? Das ist echt eine gute Sache.«

»Hm«, mache ich.

»Sind denn noch andere Kinder auf dem Hof?«

Ich erzähle Maja von dem Mädchen, das ich durch das Fenster in meinem Zimmer sehen konnte. Wahrscheinlich kann es echt nicht schaden, in diesem Kaff ein paar Leute in meinem Alter kennenzulernen. Sonst sitze ich hier jeden Tag mit Mama und Tante Barbara … »Vielleicht sollte ich mir den Gnadenhof doch mal anschauen.«

»Guck es dir an. Wenn du merkst, dass es nicht funktioniert, gehst du eben wieder«, schlägt Maja vor. »Und wenn ich dich besuchen komme, zeigst du mir alles.« Sie legt eine kleine, bedeutungsvolle Pause ein. »Es ist nämlich so …« Wieder eine Pause.

»Raus damit!«

»Also …«

»Boah, Maja!«

»Ich habe Mama und Papa weich gekocht. Sie haben gesagt, dass sie allein zur Nordsee fahren und ich eine Woche zu dir kommen darf. Natürlich nur, wenn deine Mutter einverstanden ist.«

»Wie cool ist das denn!«, rufe ich und springe aufs Bett. »Wann denn?«

»In zwei Wochen.«

Mein Herz schlägt Purzelbäume, so sehr freue ich mich. »Wenn Mama zurück ist, frage ich sie sofort. Aber sie wird bestimmt nichts dagegen haben!«

»Vielleicht solltest du dich taktisch klug damit einverstanden erklären, ein bisschen auf dem Gnadenhof zu arbeiten«, schlägt Maja vor. »Nur so, um guten Willen zu zeigen.«

Meine Freundin ist verdammt clever. »Maja, wie lang kennen wir uns jetzt?«

Sie lacht. »Unser Leben lang.«

»Genau. Und deswegen weiß ich auch, dass du eben taktisch klug sein wolltest, weil du willst, dass ich wieder was mit Pferden mache.«

Einen Moment schweigt sie, bevor sie sagt: »Du liebst sie. Und Pferde lieben dich. Du kannst helfen, sie brauchen Hilfe. Klingt doch gut, oder?«

Wenn Maja von einer Sache überzeugt ist oder wenn sie etwas haben will, kann sie sehr stur sein. Und überzeugend. Ich muss grinsen. »Du hast gewonnen, ich schaue es mir wenigstens mal an.«

»Versprochen?«

»Versprochen!«

Ich verabschiede mich von meiner besten Freundin, schlüpfe in eine Jeans, ein blaues Shirt und meine alten, ausgelatschten Sneaker. Richtige Stalloutfits habe ich nicht mehr. Nachdem ich beschlossen hatte, nie wieder in die Nähe eines Pferdes zu kommen, habe ich alles, was mich irgendwie daran erinnern könnte, weggegeben. Im Wohnzimmer setze ich mich auf das Sofa und sehe Tante Barbara zu, die bewaffnet mit einer kleinen Schaufel und einer Gießkanne durch den Garten läuft.

»Na dann«, sage ich laut und gehe nach draußen.

»Hallo, mein Sternchen«, begrüßt mich meine Tante und schenkt mir ein strahlendes Lächeln.

»Hallo, Tante Barbara«, sage ich und beschließe, direkt mit der Tür ins Haus zu fallen. »Du, ich habe mir noch mal Gedanken über eure Idee gemacht. Ich würde doch gerne mal zum Gnadenhof gehen. Na ja, zumindest einmal anschauen.«

»Oh, das ist toll!«, antwortet sie und stellt die Gießkanne neben ihrem frisch angelegten Gemüsebeet ab. »Elli wird sich sehr darüber freuen.«

»Kann ich denn einfach rüberlaufen?«

»Klar, du erkennst sie sofort. Halte einfach nach einer rothaarigen Frau mit vielen kleinen Sommersprossen auf der Nase Ausschau.«

»Okay …«, sage ich. »Gibst du Mama bitte Bescheid? Sie ist ins Möbelhaus gefahren.«

»Das mache ich. Viel Spaß, und bestell schöne Grüße.«

✦

Fünf Minuten später stehe ich vor dem großen, hölzernen Torbogen des Gnadenhofes. »Arche Elli«, steht in Großbuchstaben darauf. Langsam betrete ich das Gelände und schaue mich um. Niemand zu sehen. Auf meiner rechten Seite erstrecken sich die Stallungen. Wow! Hier können eine ganze Menge Pferde untergebracht werden. Auf der linken Seite scheint das Haupthaus zu sein. Es sieht der Scheune von Tante Barbara ähnlich. In der Ferne kann ich Zäune und einen Reitplatz erkennen. Ich beschließe, an der Tür der Scheune zu klingeln, als plötzlich ein bellendes, schwarz-weißes Wollknäuel auf mich zugeschossen kommt. Es ist der Hund, den ich bereits aus meinem Fenster sehen konnte.

»Wer bist du denn?«, frage ich, während der kleine Racker an mir hochspringt und freundlich mit dem Schwanz wedelt.

»Hey, Ruby!«, ein blondes Mädchen kommt auf mich zugerannt. »Runter mit dir, du sollst doch nicht springen!«, schimpft sie. Es ist das Mädchen in meinem Alter, das ich auch schon gesehen habe. Sie hat aschblonde Haare, blaue Augen und ist von Kopf bis Fuß in Grün gekleidet. Obwohl sie ganz offensichtlich Arbeitskleidung trägt, sieht sie super stylisch aus. Sogar ihr Haarband ist in einem Grünton gehalten und passt perfekt zu dem Rest ihres Outfits.

»Alles gut, es ist nichts passiert«, sage ich und lächle.

»Das ist gut. Ruby weiß eigentlich ganz genau, dass sie das nicht darf«, verkündet sie streng und tippt dem Wuschelhund mit dem Zeigefinger leicht auf die Nase. »Ich bin Ina, und wer bist du?«

»Tara. Ich komme vom Nachbarhof. Meine Patentante Barbara hat gesagt, dass ihr Hilfe gebrauchen könnt. Ich soll mich bei Elli melden«, erkläre ich.

»Ah, du bist also Tara. Meine Mutter hat mir schon von dir erzählt. Ich bringe dich zu ihr, komm mit.«

Ich folge Ina, die verdammt lange Beine und einen schnellen Schritt hat. Sie sagt nichts weiter, und mir fällt auch nicht wirklich etwas ein. In peinlicher Stille laufe ich ihr einfach hinterher.

Wir gehen um die Scheune herum, direkt in den dazugehörigen großen Garten. In der Mitte steht ein riesiger Baum, dessen Äste voller roter Kirschen hängen. Eine Frau mit roten Haaren, die auf Zehenspitzen steht, pflückt behutsam eine Kirsche nach der anderen und legt sie in ein kleines Körbchen.

»Schau mal, Mama. Hier ist Besuch für dich«, ruft Ina.

Prompt strahlt die Frau mich an und kommt auf mich zu. »Du musst Tara sein, richtig?«, sagt sie und streckt mir ihre Hand entgegen. Elli sieht sehr freundlich aus. Ihr ganzes Gesicht lacht und strahlt Wärme aus.

»Ja.« Ich schüttle ihre Hand. »Tante Barbara hat mir erzählt, dass Sie Hilfe gebrauchen können. Ich wollte mir den Hof gerne mal anschauen.«

»Das ist wirklich nett. Ich bin Elli, alle, die hier arbeiten, duzen sich. Meine Tochter Ina hast du ja schon kennengelernt, Tara. Ein schöner Name übrigens! Und auch schön, dass du da bist. Wir können jede Hilfe gebrauchen, die wir kriegen können. Dann komm mal mit.«

Elli fackelt nicht lang, es geht sofort los. Das mag ich,

denn so habe ich keine Zeit, über den schweren Klumpen in meinem Magen nachzudenken.

»Ich bin dann im Stall, Mama.« Ina grinst kurz. »Bis später vielleicht, man sieht sich.«

»Ja, bis später«, sage ich.

Dicht gefolgt von Ruby laufe ich mit Elli das Gelände des Gnadenhofes ab. Direkt neben dem Reitplatz steht ein riesiger Hühnerstall, aus dem es nur so gackert und schnattert.

Elli zeigt auf einen Hahn, der wie ein König durch das Außengelände des Stalls stolziert. »Das ist Henri, der beste Wecker, den man sich vorstellen kann. Jeden Morgen pünktlich um sieben Uhr kräht er. Du müsstest ihn in deinem Zimmer eigentlich hören können. Tut mir leid, wenn er dich auch aus den Federn holt. Manchmal frage ich mich, wie er das macht. Er kräht auch im Winter um Punkt sieben. Es passiert also unabhängig vom Sonnenaufgang. Das ist wirklich verrückt.«

»Echt? Ich habe heute Morgen nichts von Henri mitbekommen«, sage ich. »Aber ich habe auch einen tiefen Schlaf. Eigentlich kann ich immer schlafen. Neben mir könnte eine Blaskapelle spielen, das würde ich nicht mal merken.«

»Ich wünschte, dass ich das auch von mir behaupten könnte«, sagt Elli und zwinkert mir zu. »Die restlichen wilden Hühner sorgen jeden Tag dafür, dass wir lecker frühstücken können. Wenn ihr mehr Eier braucht, weil ihr jetzt zu dritt seid, sagt gerne Bescheid. Oft haben wir viel zu viele.«

»Das ist nett, danke. Habt ihr neben den Pferden und Hühnern eigentlich noch andere Tiere auf dem Hof?«

»Nur Ruby, unseren viel zu freundlichen Wachhund. Würde sich ein Einbrecher auf den Hof schleichen, würde sie ihn wahrscheinlich genauso freundlich begrüßen wie jeden anderen auch. Es könnte ja sein, dass er zufällig ein Stück Käse dabeihat und es ihr abgibt. Ruby liebt Käse«, erklärt Elli und streichelt dem Wuschelhund über den Kopf. »Lass uns als Nächstes zu den Pferden gehen. Ina und Finn sollten beide in den Stallungen sein, du kannst ihnen bestimmt unter die Arme greifen. Mit Pferden kennst du dich doch aus, oder?«

Bei den Worten muss ich schlucken. Und dann sage ich: »Ja, mit Pferden kenne ich mich aus.«

4.

Allein zwischen Pferden und Ponys

Wir stehen vor einem großen, alten Stalltor. Es duftet nach frischem Heu. Ich nehme einen tiefen Atemzug und denke an Maja. Es hat irgendwie etwas Vertrautes, obwohl ich schon so lange in keinem Stall mehr war. Dennoch fühle ich mich unwohl. Meine Hände beginnen zu schwitzen.

»Geh ruhig vor«, sagt Elli und lächelt mich an.

Vorsichtig ziehe ich eine Seite des Tors auf und linse hinein. Wow! Der Stall ist wunderschön. Er besteht zu einem großen Teil aus hellem Holz. Auf der linken und der rechten Seite befinden sich je zehn Pferdeboxen, die oberhalb der Holzwände durch schwarze Metallstangen voneinander getrennt sind. Früher habe ich mich in Pferdeställen wie zu Hause gefühlt. Manchmal sogar noch viel mehr als das, es war mein Zufluchtsort. Egal, was mir Sorgen bereitete, in der Nähe der Tiere ging es mir immer gut.

Aus einigen der Boxen schauen mich neugierige Pferdeaugen an. An jeder der Türen hängt ein großes, ovales Schild aus Keramik, auf das in verschnörkelter Schrift der jeweilige Name des Pferdes geschrieben wurde. Panik macht sich in mir breit. Am liebsten würde ich den Rückwärtsgang einlegen und einfach abhauen. Reiß dich zusammen, ermahne ich mich selbst und schaue mich um. Vorsichtig gehe ich den Gang zwischen den Boxen entlang. »Max und Moritz« steht auf dem ersten Schild zu meiner Linken. Ich gehe ein Stückchen näher heran und stelle mich auf die Zehenspitzen, um hineinzuschauen. Zwei kleine, braun-weiße Shetlandponys teilen sich den Stall. Ich muss schmunzeln, sie sehen frech aus, die Namen passen. Bestimmt sind sie Geschwister.

Elli lacht. »Das sind unsere Chaos-Ponys. Du wirst sehen, mit ihnen wird es nie langweilig.«

Das glaube ich ihr sofort. Ponys sind in der Regel sehr klug und wollen ständig beschäftigt werden. Sie lieben Spaziergänge und Kunststücke. Ist ihnen langweilig, bauen sie schnell mal Mist.

»Langweilig wird es hier eh nie, dafür gibt es zu viel zu tun«, sagt Ina, die gerade bewaffnet mit Heugabel und Schubkarre hinter uns durch das Tor kommt. Sie ist nicht allein. Ein Junge mit braunem Haar und grünen Augen steht direkt neben ihr. Er lächelt verschmitzt und kommt auf mich zu.

»Ich bin Finn«, sagt er und streckt mir seine Hand entgegen. Ich greife sie. »Ina hat mir schon erzählt, dass du uns helfen willst. Sehr cool!«

»Tara.«

»Na ja, fragt sich nur, wie lange die Hilfe wirklich nötig ist«, kommentiert Ina mit einem merkwürdigen Unterton.

Finn stößt ihr leicht seinen Ellenbogen in die Seite und funkelt sie böse an.

Was soll das denn? Irritiert schaue ich zu Elli.

»Finn und Ina kümmern sich in erster Linie um den Pferdestall und seine Bewohner«, lenkt Elli ab. »Für den Hühnerstall und das Gelände ist Tom zuständig, ihn wirst du auch bald kennenlernen.«

»Okay«, sage ich. »Und was würden meine Aufgaben sein?«

»Es wäre wunderbar, wenn du Ina und Finn ab morgen früh unterstützen würdest. Morgens ist immer viel zu tun, da können die beiden deine zwei helfenden Hände gut gebrauchen.«

»Und wie!«, sagt Finn und pustet sich lässig eine Haarsträhne von der Stirn.

»Sehr schön!«, Elli klatscht in die Hände. »Ina, Schatz, würdest du Tara gleich bitte noch unsere Pferde vorstellen?«

Ina nickt.

Na, das kann ja was werden. Ich versuche zu lächeln. Aber da ist es wieder, das mulmige Gefühl im Magen. Was habe ich mir da bloß eingebrockt? Ich denke an Maja und unser Gespräch. Was hat sie noch mal gesagt? *Du kannst helfen, sie brauchen Hilfe …*

»Dann macht ihr mal«, sagt Elli. »Schön, dass du hier bist, Tara. Wenn etwas ist, sag mir einfach Bescheid!«

»Ist gut«, antworte ich.

Als Elli mit Finn den Stall verlässt, geht Ina mit mir zu der vierten Pferdebox auf der rechten Seite. »Das ist Storm«, sagt sie mit sanfter Stimme und legt dem dunkelbraunen, elegant aussehenden Pferd ihre Hand auf die wie ein Pfeil geformte Blesse. Plötzlich wirkt sie wie ausgewechselt.

»Ist das dein Pferd?«, frage ich und schaue in Inas funkelnde Augen. Das muss ihr Pferd sein, ich kenne diesen Blick. So, oder so ähnlich, hat Maja immer geschaut, wenn sie von Bounty geredet hat.

»Ja«, sagt sie. »Storm ist vor zwei Jahren zu uns auf den Hof gekommen. Sie war mal ein Springpferd und hat sich bei einem Sturz so schlimm verletzt, dass sie keine Turniere mehr reiten konnte.«

»Und dann wollten ihre Besitzer sie einfach nicht mehr haben?«

Ina senkt den Blick. »Genau! Das passiert leider sehr oft. Es gibt so viele Tiere, die schlecht behandelt oder einfach nicht mehr gewollt werden. Eigentlich bräuchten wir viel mehr Platz und viel mehr Leute, die uns auf dem Hof helfen.«

Ich nicke. Ina hat absolut recht. So etwas habe ich auch schon öfters gehört.

»Das ist Buddy«, sagt Ina und zeigt auf ein schwarzes Pferd, direkt neben der Box von Storm. »Buddy ging es auch sehr schlecht. Er wurde auf einem verwilderten Grundstück gefunden. Er war krank, wir haben uns große Sorgen gemacht. Mittlerweile sieht er aber schon wieder richtig gut aus. Schau, sein Fell wächst wieder nach!«

Vorsichtig linse ich in Buddys Box hinein. Der Vierbeiner steht in der hintersten Ecke und schaut mich mit großen Augen an. »Er hat ja Angst.«

Ina nickt. »Er ist sehr vorsichtig mit neuen Menschen. Wir wissen nicht, was genau ihm passiert ist, das ist häufig so, wenn die Pferde zu uns kommen. Buddy ist sehr zurückhaltend.«

Ich gehe ein Stückchen näher an die Pferdebox heran. Buddy schnaubt, dreht ein Ohr in meine Richtung und beobachtet mich aufmerksam. Die Situation ist ihm nicht geheuer, das kann ich spüren. Er fühlt sich bestimmt genauso wie ich. »He, du«, sage ich leise.

Da ertönt plötzlich lautes Hundegebell auf dem Hof hinter uns.

Ina zieht eine Augenbraue hoch. »Kann ich dich mal kurz allein lassen? Das ist Ruby, sie jagt bestimmt wieder irgendetwas.«

Noch bevor ich antworten kann, verschwindet sie, und ich bin allein zwischen lauter Pferden und Ponys. Zum Glück ist da eine ganze Menge Holz und Metall zwischen den Tieren und mir. Ich gebe mir einen Ruck und gehe ein Stückchen näher an Buddys Box heran, stütze meine Ellenbogen auf dem Gatter ab und lege mein Kinn in meine Handflächen.

»Na, du armer Kerl«, flüstere ich, und Buddy schnaubt sanft. »Du hast genauso viel Angst vor mir wie ich vor dir, oder?«

Buddy kratzt verlegen mit einem Huf im Stroh. Fast kommt es mir vor, als würde er antworten. Seine großen, traurigen Augen und die kahlen Stellen zerreißen mir das Herz. Da kommt Buddy auf mich zu. Ich zucke zusammen, als das Pony sich bewegt, bleibe aber stehen. Buddy auch, wieder beobachtet er mich. Und dann brummt er plötzlich ganz tief und sanft. Ich muss grinsen. Buddy will Hallo sagen. Das lernt man in jedem Pferdesprachen-Einmaleins. Ohne groß darüber nachzudenken, strecke ich meine Hand aus. Buddy kommt noch etwas näher. Er schnuppert und stupst sie sanft an. Seit dem Unfall bin ich keinem Pferd mehr so nah gekommen. Fast hatte ich vergessen, wie beruhigend die sanften Vierbeiner auf mich wirken können. Maja hat recht, vielleicht muss ich der Sache einfach eine Chance geben. Buddy und die anderen armen Pferde hier können am allerwenigsten etwas dafür, was Maja passiert ist. Im Gegenteil, sie brauchen unsere Hilfe. Anscheinend wurde Buddy schlecht von Menschen behandelt. Und so wie ihm geht es bestimmt auch vielen anderen Pferden hier. Das macht mich traurig, vor allem aber wütend. Ich kann nicht verstehen, wie man Pferde so mies behandeln kann, kein Tier darf so behandelt werden!

»Oh, ihr habt euch ja schon angefreundet.« Ina steht plötzlich neben mir. »Na, Buddy«, sagt sie und krault ihn zwischen den Ohren.

»Wir haben uns ein wenig beschnuppert.«

»Buddy scheint dich zu mögen. Finn hat zwei Wochen gebraucht, bis Buddy Nähe zugelassen hat«, sagt Ina und wendet sich wieder dem Pony zu. Sie streichelt ihm vorsichtig über den Hals. »Und das hat Finn ganz schön geärgert.«

Inas Stimme ist ganz sanft, wenn sie mit den Pferden spricht. Und irgendwie fühle ich mich gerade auch so, mein Herz wird weich. Ich habe das alles hier sehr vermisst. Den Stallgeruch, das Schnauben der Pferde und natürlich auch das Reiten. Aber seit Majas Unfall war da einfach so viel Angst. Angst davor, dass noch mal so etwas Schlimmes passieren könnte. Ich schaue zu Buddy. Er könnte doch keiner Fliege etwas zuleide tun, oder? Was wäre nur passiert, wenn Elli und Ina ihn nicht aufgenommen hätten? Ich will es mir gar nicht vorstellen. Langsam bin ich mir sicher, dass ich helfen möchte. Ich weiß nur noch nicht, wie ich das anstellen soll. In dem Gang des Stalls fühle ich mich mittlerweile zwar ganz okay, ich bin allerdings nicht gerade wild darauf, eine der Boxen zu betreten. Zumindest dann nicht, wenn noch ein Pferd darin steht.

Ina zeigt mir nun auch die anderen Pferde und erzählt, was die armen Seelen schon alles durchmachen mussten.

»Im Moment sind alle Boxen belegt, bis auf die eine dort hinten«, sagt sie und zeigt zur hinteren linken Ecke. »Wir haben also einen fast vollen Stall und wirklich viel Arbeit zu erledigen. Wir freuen uns sehr, dass du deine Hilfe anbietest.«

»Na klar«, antworte ich. »Aber sag mal, was meintest du denn, als du gesagt hast, dass es fraglich ist, wie lange ihr die Hilfe braucht?«

»Ach, das ist nicht so wichtig. Mach dir keine Sorgen«, antwortet Ina. »Das war nur so ein blöder Spruch von mir.«

Das hört sich zwar nicht so an, aber wir haben uns eben erst kennengelernt, deswegen frage ich nicht weiter nach. »Wann soll ich denn morgen hier sein? Deine Mutter hat mir keine Uhrzeit genannt.«

»Finn und ich treffen uns in den Ferien immer um halb sieben vor dem Stall. Manchmal auch etwas früher, kommt drauf an, wie gut ich aus dem Bett komme«, sagt Ina und lacht. »Finn ist immer etwas früher da, er fährt morgens mit seinem Vater mit. Du hast ja zum Glück keinen weiten Weg. Ich würde aber sagen, dass wir das noch mal mit Mama besprechen. Ich glaube, es gibt gleich Kuchen, hast du Lust?«

»Kuchen? Immer!« Eigentlich hatte ich mich darauf gefreut, in den Ferien mal nicht ganz so früh aufstehen zu müssen. Aber da muss ich jetzt wohl durch.

»Dann lass uns mal in den Garten gehen. Ich könnte wetten, dass es Kirschkuchen gibt«, sagt Ina und lacht wieder.

»Lecker!«, antworte ich.

»Ja, voll.« Sie zupft an ihrem grünen Haarband und rümpft die Nase. »Wenn du aber tagelang Gerichte mit Kirschen vorgesetzt bekommst, kannst du sie irgendwann nicht mehr sehen. Waffeln mit Kirschen, Milchreis mit Kirschen, Vanilleeis mit heißen Kirschen, Marmelade aus Kirschen, Kirscheis, Joghurt mit Kirschen … Meine Mutter lässt sich jeden Tag etwas Neues einfallen. In diesem Jahr hat der Kirschbaum es viel zu gut mit uns gemeint.«

Wir gehen in den Garten, und ich muss mir ein Kichern verkneifen. Ina hatte recht, auf dem Tisch steht ein herzförmiger Kuchen, reich belegt mit Kirschen. Daneben ihre strahlende Mutter Elli. In ihren Händen hält sie eine Schüssel und rührt wie wild darin rum. Sahne, vermute ich.

»Wie schön, du bist ja noch da, Tara. Isst du mit? Ich habe Kirschkuchen gebacken.« Sie sieht nach oben in den Baum. »Sie sind besonders gut dieses Jahr. Später pflücke ich noch eine Fuhre. Magst du Kirschen?«

»Total gerne«, antworte ich und grinse Ina an. Wie auf Kommando müssen wir beide losprusten.

5.

Die Pferde brauchen Hilfe

Zwei Stücke Kuchen und ein großes Glas selbst gemachte Limonade später gehe ich zurück zum Resthof von Tante Barbara. Es ist schon fast Abend. Wir haben uns ganz schön verquatscht. Elli und Ina sind beide nett, ich kann mir gut vorstellen, mehr Zeit mit ihnen zu verbringen. Auch wenn ich am allerliebsten bei Maja wäre.

Ich linse um die Scheune herum und sehe, dass die Terrassentür offen steht. Mama und Barbara sitzen am Küchentisch.

»Oh, das verlorene Kind ist wieder da«, sagt Mama und lächelt.

»Hi.«

»Wie war es denn? Barbara hat erzählt, dass du dir den Gnadenhof anschauen wolltest.«

»Ganz okay«, sage ich und setze mich dazu.

»Ganz okay klingt gar nicht mal so schlecht«, sagt Barbara. »Und, hast du heute schon richtig mit angepackt? Für Stallarbeiten siehst du nämlich ganz schön sauber aus.«

»Nein, Elli hat mir heute nur den Hof gezeigt. Danach haben wir Kuchen gegessen.«

»Kirschkuchen?«, fragt meine Patentante.

Ich muss lachen. Anscheinend blieb auch Barbara nicht von Ellis Süßspeisen verschont. »Ja, Kirschkuchen! Morgen früh um halb sieben treffe ich mich mit Ina und Finn vor dem Pferdestall. Kannst du mich vielleicht wecken, Mama?«

»Klar, mein Schatz. Wer sind denn Ina und Finn?«

»Ina ist Ellis Tochter, und Finn ... Das weiß ich ehrlich gesagt nicht so genau. Mit ihm habe ich noch nicht viel geredet.«

»Finn ist ein Junge aus dem Nachbardorf. Er ist der Sohn einer guten Freundin von Elli. Netter Junge, sehr hilfsbereit«, erklärt Barbara.

Ich erzähle den beiden von meinen Erlebnissen auf dem Hof.

Mamas Augen leuchten. »Und du warst sogar im Pferdestall?«

»Ja, aber nur im Gang. Morgen soll ich beim Misten helfen.«

»Ich bin stolz auf dich, Tara«, sagt Mama. »Hast du vielleicht Hunger? Soll ich dir etwas machen?«

Ich schüttle den Kopf. »Mein Bauch ist voll mit Kirschkuchen. Ich bekomme keinen Bissen mehr runter. Ich gehe hoch, okay?«

»Ist gut.« Mama drückt mir einen Kuss auf die Stirn.

»Ach, Mama!«, platzt es aus mir heraus, während ich bereits mit einem Fuß auf der Treppe stehe.

»Ja?«

»Ich habe mit Maja telefoniert. Sie möchte mich für eine Woche besuchen kommen. Wäre das vielleicht in Ordnung?«, frage ich.

»Wenn das für ihre Eltern okay ist? Sie fahren in den Sommerferien doch eigentlich immer in den Familienurlaub.«

»Ja, das geht in Ordnung. Sie würden sie auf dem Weg bei uns absetzen und eine Woche später wieder abholen. Bitte sag Ja«, bettle ich meine Mutter an und versuche besonders lieb zu gucken.

»Ist gut«, antwortet Mama. »Aber ich möchte vorher mit Majas Eltern sprechen.«

»Danke, Mama!«, sage ich und laufe strahlend die Treppe hoch.

Ich setze mich an den Schreibtisch und höre das Steinzeithandy vibrieren. Eine Textnachricht von Maja ploppt auf dem Display auf.

Wie war es?

Ich beschließe, meine Freundin anzurufen. Ich möchte ihr ohnehin sofort die guten Nachrichten überbringen. Kaum tutet es, habe ich Maja an der Strippe.

»Naaaa?«, sagt sie.

»Selber Naaaa«, antworte ich und grinse. Wie gerne würde ich jetzt mit Maja im Garten sitzen und ihr von meinem Tag erzählen.

»Schieß los!«, fordert sie mich auf.

»Gleich! Zuerst die wichtigste Nachricht überhaupt.« Ich atme tief durch. »Mama hat erlaubt, dass du mich besuchen kommst!«

»Echt? Wie cool!«, jubelt Maja ins Telefon.

»Ja, sie möchte vorher allerdings mit deinen Eltern sprechen. Wieso, weiß ich nicht. Vielleicht denkt sie, dass wir das heimlich machen wollen.«

Maja lacht. »Wie damals, als wir gesagt haben, dass wir mit deinen Eltern zum See fahren, und dabei sind wir ganz allein los. Weißt du noch?«

»Hallo, eine Woche Hausarrest, wie könnte ich das vergessen? Natürlich mussten wir direkt Frau Peter begegnen, die es gleich Mama gepetzt hat.« Ich seufze. »Wobei sie ja eigentlich recht hatte. Wir hatten versprochen, nicht alleine zu fahren.«

»Stimmt. Ich sage meinen Eltern, dass sie deine Mutter anrufen sollen. Und jetzt erzähl schon, ich platze gleich vor Neugier!«

»Also, pass auf …« Ich erzähle Maja von Ina, Elli, Finn und Ruby. Von Henri dem Hahn, den Pferden im Stall und natürlich auch von der üppigen Kirschernte, die Elli versucht zu verarbeiten. Nur, dass ich Maja wahnsinnig doll vermisse, behalte ich für mich. Ich will nicht, dass sie sich Sorgen um mich macht. Ich weiß genau, dass sie das tun würde. Maja will immer, dass es allen gut geht. Besonders aber, dass es mir gut geht. Wenn etwas nicht stimmt, merkt sie das sofort. Und dann geht es auch ihr nicht gut. Andersherum ist es genauso. Wir kennen uns schon so lange und so gut – wir wissen genau, wie die andere tickt. Oft denken wir dasselbe, und Maja spricht Dinge aus, die mir auf der Zunge liegen.

»Das hört sich ja richtig gut an«, sagt sie. »Und morgen musst du dann mit den Pferden helfen?«

»Genau. Ich bin schon total nervös. Und ehrlich gesagt habe ich auch ein bisschen Angst. Aber ich glaube, dass ich es schaffe, Maja. Du hast recht, die Pferde brauchen Hilfe.«

»Sag ich doch. Wann fängst du morgen früh an?«

»Halb sieben«, sage ich.

»Muah, so früh aufstehen, und auch noch in den Ferien! Aber gut, ich stell mir meinen Wecker. Dann bin ich auch wach, denke an dich und schicke dir tausend gute Gedanken und positive Energie.«

»Du bist echt die Beste, Maja.«

»Und du auch, Tara. Du und ich, wir beide, weißt du doch, wir schaffen alles, wenn wir zusammenhalten. Auch wenn dreihundert Kilometer zwischen uns liegen, sind und bleiben wir die besten Freundinnen der Welt.«

Mir wird ganz warm ums Herz. Es ist schön, eine so gute Freundin zu haben. Auch wenn sie jetzt im Moment sehr weit weg wohnt. Wir quatschen noch zehn Minuten, dann verabschieden wir uns.

Gerade als ich wieder nach unten gehen will, klingelt mein Handy. Es ist Papa.

»Hallo, Tara-Schatz«, sagt er. »Mama hat mir von deinem Malheur an der Raststätte erzählt. Ich habe dir schon ein neues Smartphone bestellt, per Express. Es kommt morgen bei euch an.«

Ich kann kaum glauben, was ich da höre.

»Was, echt? Boah, danke, Papa, das ist ja so was von cool!«, bricht es aus mir heraus, doch schon im nächsten Moment kommt mir Mama in den Sinn. »Ähm, aber ich glaube nicht, dass es Mama gefällt. Sie wird bestimmt sauer werden …«

»Lass mich mal machen, ich kläre das mit ihr«, sagt Papa. »Erzähl, wie waren die erste Nacht und dein erster Tag auf dem Land?«

Zehn Minuten später beenden wir das Gespräch. Ein mulmiges Gefühl macht sich in mir breit. Ich muss an die letzten Monate denken. Mama und Papa haben sich oft gestritten. Auch wegen mir. Weil Mama zu mir gehalten hat, wenn ich mein Zimmer nicht aufgeräumt oder wieder mal vergessen habe, den Müll rauszubringen. Sofort ist da wieder dieser unendlich schwere Stein im Magen. Obwohl ich eigentlich weiß, dass die beiden sich nicht wegen mir getrennt haben, fühlt es sich trotzdem so an. Ich glaube nicht nur, ich weiß, dass Mama das mit dem Smartphone nicht gefallen wird. Und sie sich sicher wieder mit Papa streiten wird. Vielleicht sollte ich vorher mit ihr reden?

Sie sitzt am Küchentisch und lächelt mich an. Papa hat sie also nicht sofort angerufen. Gut!

»Mama«, fange ich an. »Versprich mir bitte, nicht sauer zu werden. Es ist so … Papa hat gerade angerufen und gesagt, er hat mir ein neues Smartphone geschickt …«

Eine tiefe Furche breitet sich auf ihrer Stirn aus, und ihr Lächeln verschwindet.

»Aber ich würde trotzdem auf dem Gnadenhof arbeiten«, fahre ich schnell fort. »Und für das Geld, das ich dort verdiene, kaufen wir irgendwas, was wir noch brauchen. Eine neue Bettdecke für dich oder so.«

Ihr Gesicht entspannt sich wieder, und sie schmunzelt. Genau in dem Moment klingelt ihr Telefon. »Dein Vater«, stellt sie fest und seufzt.

»Ich bin dann mal weg«, sage ich und verzieh mich lieber auf die Terrasse.

✦

Später liege ich im Bett und bin hundemüde. Der Tag hat mich geschafft und ganz schön aufgewühlt. Ich schaue aus dem Fenster zum Mond, der groß und rund am Himmel hängt. Mama war schließlich doch einverstanden mit dem neuen Smartphone. Ich darf es behalten, solange ich trotzdem auf dem Gnadenhof arbeite. Das Geld sparen wir, und dann überlegen wir gemeinsam, was wir davon kaufen. Alles wird gut. Mit dem Gedanken fallen mir die Augen zu.

Mitten in der Nacht wache ich plötzlich auf. Verschlafen reibe ich mir über die Augen. Was war das für ein Geräusch? Ich lausche, knipse meine Nachttischlampe an, setze mich an die Bettkante, schaue mich in meinem Zimmer um. Hier sieht alles ganz normal aus. Vorsichtig öffne ich die Tür zum Flur. Ob Mama vielleicht wach ist und Krach gemacht hat? Dann höre ich es wieder. Es klingt nach einer Mischung aus einem Klopfen und Knistern. Es ist jedoch nicht im Haus, es scheint vielmehr durch mein gekipptes Fenster zu kommen. Vom Gnadenhof.

6. Ein ziemlich verrückter Traum

Ich mache das Fenster ganz auf, kneife die Augen zusammen und versuche etwas zu erkennen. Ich brauche einen Moment, bis ich mich an die Dunkelheit gewöhnt habe. Der Himmel ist rabenschwarz, viele kleine Sterne funkeln um die Wette. Es sieht aus, als würden sie sich anstrengen, um noch schöner und heller als der riesige Vollmond zu leuchten. Aber das Schauspiel am Himmel ist nicht das einzige. Im Pferdestall flimmert ein Licht. Blass, weiß, aber irgendwie auch silbrig. Perlmuttfarben, wie das Innere einer Muschel. Eine normale Lampe ist es definitiv nicht. Was geht da vor? Ich beobachte den Stall eine Weile. Es verändert sich nichts. Das Licht pulsiert gleichmäßig vor sich hin. In mir kribbelt alles. Das Knistern setzt wieder ein, oder eher gesagt ein Surren. Jetzt höre ich es noch deutlicher. Ob das auch aus dem Stall kommt? Ich muss wissen, was los ist.

Einen Moment zögere ich. Kann ich einfach auf den Gnadenhof gehen? Dann halte ich es nicht mehr aus. Ich schlüpfe in meine Schlappen, ziehe einen Hoodie über und hole die kleine Taschenlampe, die Maja mir geschenkt hat, damit ich heimlich im Bett lesen kann.

Leise schleiche ich mich durch das Treppenhaus, durch den Flur, ins Wohnzimmer. Kurz überlege ich, ob ich Mama wecken soll, entscheide mich aber dagegen. Es klingt vielleicht verrückt, aber irgendwie fühle ich mich wie magisch angezogen von dem Licht. Vorsichtig öffne ich die Terrassentür. Einen Spaltbreit lasse ich sie offen, damit ich gleich wieder hineinkomme. Kurz darauf tapse ich durch den Garten und bleibe prompt wieder stehen. Ein aufgeschreckter Igel läuft direkt vor mir über die Wiese. Na ja, wenigstens bin ich nicht allein nachts unterwegs. Ich gehe über den Hof, an Tante Barbaras Haus vorbei und geradewegs auf den Gnadenhof zu. Am Tor des Gnadenhofes schaue ich mich um. Es steht offen, zu sehen ist jedoch niemand. Super, in Gruselfilmen ist das auch immer so. Ich bekomme Gänsehaut. Sie kriecht von meinen Knöcheln die Beine hoch über den Rücken bis zum Nacken. Ob es wirklich eine gute Idee war, allein hierherzuschleichen? Ich taste nach der Taschenlampe, die griffbereit in meiner Schlafanzughose steckt. Das Mondlicht beleuchtet hier den Weg, und ich kann alles recht gut erkennen, trotzdem gibt sie mir ein Gefühl von Sicherheit. Zielstrebig laufe ich auf den Stall zu. Wenn Maja jetzt nur hier wäre … Sie wäre die perfekte Komplizin für nächtliche Abenteuer. Vor den Stallungen bleibe ich einen Moment stehen. Das pulsierende Licht ist noch viel strahlender und heller, als es von meinem Zimmer aus aussah. Ich öffne das Stalltor und linse hinein.

»Hallo«, flüstere ich, »ist hier jemand?« Keine Antwort. Lediglich ein leises Wiehern und Schnauben der Pferde unterbricht die Stille. Komisch, Elli und Ina müssten doch eigentlich schon längst mitbekommen haben, dass hier etwas vor sich geht. Und wenn nicht die beiden, dann zumindest Ruby. Heute Vormittag hat sie mich auch direkt entdeckt, ich konnte keine zwei Meter unbemerkt auf das Hofgelände gehen, da stand der Wuschelhund schon vor mir. Wie kann es also sein, dass ich die Einzige bin? Na gut. Ich straffe die Schultern und gehe hinein. Woher das silbrige Licht kommt, entdecke ich sofort. Wie an einer Schnur gezogen, gehe ich auf die Box in der hinteren linken Ecke zu, die Box, die heute Vormittag noch leer war. Davor bleibe ich stehen und halte den Atem an. Die Pferdebox ist nicht länger unbewohnt. Ich schaue in die großen, dunklen Augen eines wunderschönen grauen Pferdes. Das Fell leuchtet perlend silbrig, als wäre das Pferd ein funkelnder, vom Himmel gefallener Stern. Die Blesse hat die Form einer kleinen Mondsichel, mit lauter Tupfen drumherum. Die Mähne und der Schweif sind dunkelgrau, fast schwarz. Es ist ein stolzes Pferd. Irgendwie besonders, das spüre ich sofort. Ich strecke meine Hand aus. Das Pferd stupst sie sanft an und drückt seine Blesse dagegen. Wieder durchfährt ein Kribbeln meinen ganzen Körper.

»Wer bist du denn?«, flüstere ich, und ein warmes Gefühl durchströmt mich. Es ist, als würde ich einer alten Freundin begegnen. Ich schaue zur Seite und suche nach dem Schild, auf dem der Name des Pferdes stehen müsste. »Moon«, sage ich und lasse den Namen in mir nachklingen. Es könnte keinen passenderen Namen geben. Ich brauche einen Moment, um wieder klare Gedanken fassen zu können, ich bin wie verzaubert.

Tara, ermahne ich mich selbst. Ein leuchtendes Pferd! Glaubst du das wirklich?

Ob Moon vielleicht von Lampen angestrahlt wird? Ich steige auf einen Hocker und schaue in den Stall hinein. Nichts. Moon tippelt auf der Stelle, wiehert leise und nickt mit dem Kopf. Lacht sie mich etwa aus?

Mich will doch ganz sicher jemand reinlegen. Ich stelle den Hocker vor jede einzelne Pferdebox und schaue hinein, um sicherzugehen, dass ich auch wirklich allein bin. Zwischendurch blicke ich zu Moon. Das Fell leuchtet nach wie vor. Immer, wenn ich zu dem Pferd schaue, scheint es meine Blicke einzufangen. Fast kommt es mir vor, als ob es mir etwas sagen will.

Nachdem ich alle Boxen überprüft habe, bleibt nur eine Erklärung: Das hier ist ein ziemlich verrückter, ziemlich real wirkender Traum. Anders kann es nicht sein. Ich meine, ich bin ja für alles offen, aber das kann nicht echt sein. Eigentlich ist es sogar filmreif, was ich mir hier in meinen Gedanken zusammengesponnen habe. Mama hat schon immer gesagt, dass ich die Kreative in der Familie sei, vielleicht hat sie recht. Noch einmal schaue ich zu Moon, bevor ich beschließe, mich ganz schnell wieder ins Bett zu legen. Dann kann ich aufwachen, und es ist ein neuer Tag. Ohne leuchtende Pferde und nächtliche Ausflüge. Ich drehe mich schnell um und schüttle den Kopf. Das ist doch verrückt!

✦

»Tara, mein Schatz, du musst aufstehen«, sagt Mama und streicht mir über den Arm.

»Jetzt schon?«, brumme ich und drehe mich auf die Seite.

»Ja, der Gnadenhof … Hast du schon vergessen?«

»Ich komme gleich.«

Mama verlässt mein Zimmer, und ich setze mich im Bett auf. Ich strecke mich und gähne herzhaft. Mit schweren Augen schleppe ich mich die Treppe hinunter und setze mich an den Küchentisch.

»Ist alles gut, Tara?«

»Ja, alles gut, ich bin nur müde.«

»Das sehe ich. Du solltest etwas essen, damit du gestärkt in deinen ersten Arbeitstag startest, Tara. Ich habe dir ein Brot gemacht. Oder willst du doch lieber hierbleiben? Wenn du es dir anders überlegt hast, können wir darüber reden«, sagt Mama und stellt mir einen Teller direkt vor die Nase.

»Nein, ich schaffe das schon. Danke, Mama!« Als ich aufstehe, um mir einen Tee zu machen, rumst es. Ich zucke zusammen und schaue auf den Boden. Vor mir liegt meine Taschenlampe und rollt quer über den Küchenboden.

»Was hast du denn mit der Taschenlampe vor? Es ist doch längst hell«, sagt Mama und lacht.

Ich zucke mit den Schultern. Dann fällt es mir wie Schuppen von den Augen. Das Geräusch mitten in der Nacht, das Leuchten, mein Ausflug zum Gnadenhof, Moon … Ist das alles wirklich passiert? Schnell esse ich das Brot, trinke meinen Tee und gehe in mein Zimmer, um mich anzuziehen. Meine Gedanken kreisen dabei dauerhaft um die letzte Nacht und diesen verrückten Traum. Sollte ich gleich ein Pferd mit schimmerndem Fell im Stall vorfinden, springe ich kopfüber in den nächsten Heuhaufen.

Ich laufe auf den Pferdestall zu. Ina steht davor und winkt. Sie hantiert bereits mit einer Heugabel herum und sieht definitiv ausgeschlafener aus als ich.

»Guten Morgen«, begrüße ich sie lächelnd.

»Morgen!«, sagt Ina und schaut an mir herunter. »Ähm, bist du dir sicher, dass du mit den Schuhen in den Stall willst? Du weißt doch, was dich erwartet …«

»Schon klar. Ich habe nur keine Reit- oder Gummistiefel mehr. Ehrlich gesagt habe ich mit dem Ganzen hier nicht gerechnet.«

»Komm, du kriegst welche von uns. Welche Schuhgröße hast du?«

»37«, antworte ich.

»Perfekt, wie ich«, sagt Ina.

Ich folge ihr in die Sattelkammer, die direkt von den Stallungen aus zugänglich ist. Auf dem Weg dahin werfe ich einen Blick auf die Boxen. Allerdings sehe ich keine Pferde und zum Glück auch kein schimmerndes Leuchten. In der Sattelkammer setze ich mich auf eine kleine Bank und probiere Inas Gummistiefel an.

»Passen wie angegossen«, sage ich.

»Super, dann kann es ja losgehen.«

Ich nicke. Gemeinsam gehen wir zurück in den Stall. »Wo sind denn die Pferde hin?«

»Finn war schon ein bisschen früher da und hat sie auf die Koppel gebracht. Wir haben also freie Bahn«, erklärt Ina.

»Super«, sage ich, während ich mich mit Heugabel, Forke und Schubkarre bewaffne.

»Als Erstes sollten wir das alte Stroh aus den Boxen holen, und dann verteilen wir das neue, okay?«

»Klingt gut!« Ich bin ein bisschen aufgeregt, als ich in die Box von Max und Moritz gehe. Wie lange habe ich schon keinen Stall mehr ausgemistet? Die Arbeit geht mir leicht von der Hand, ist aber auch anstrengend. Verlernt habe ich es allerdings nicht. Die Zeit vergeht wie im Flug. Eine Box nach der anderen misten Ina und ich aus. Es ist fast wie ein kleiner Wettkampf, wer schneller ist. Als ich an meiner letzten Box ankomme, schlägt mein Herz plötzlich ein bisschen höher. Auf dem Schild neben dem Tor steht in schnörkeliger Schrift »Moon« geschrieben. Ich glaube es nicht. Bin ich doch hier gewesen? Mein Herz klopft ein paar Takte schneller. »Das ist verrückt«, sage ich leise zu mir selbst.

»Da musst du nicht rein«, ruft Ina plötzlich. »Moon ist gestern Abend erst bei uns eingezogen. Die Box sieht noch super aus, ich habe sie vorhin kontrolliert. Da müssen wir nix machen.

Es ist eine graue Stute. Sehr eigen, sie lässt niemanden an sich heran, hat überhaupt kein Vertrauen zu Menschen. Finn hatte vorhin mächtig Probleme, sie auf die Koppel zu bringen.«

Eine graue Stute namens Moon. Eine Lady, die schimmern kann wie ein gefallener Stern.

7.

Moon

»Zeit für eine Pause!«, sagt Ina und pustet sich eine blonde Haarsträhne aus dem Gesicht. »Ich gehe ein bisschen ins Haus, da ist es schön kühl, möchtest du mitkommen, Tara?«

Seitdem ich das Schild mit der Aufschrift »Moon« entdeckt habe, muss ich ununterbrochen an die letzte Nacht denken. Ich schüttle den Kopf. »Ich würde gerne zu den Pferden gehen«, antworte ich. Schließlich muss ich unbedingt herausfinden, ob Moon wirklich das Pferd ist, das in meinem Kopf herumgeistert.

»Okay«, sagt Ina und schlendert in Richtung Wohnscheune an mir vorbei. Heute trägt sie ein anderes Haarband. Es besteht aus vielen einzelnen Bändern, die wie ein Kranz ineinandergeflochten sind. Die Enden baumeln locker an Inas Pferdeschwanz herunter und wippen mit jedem Schritt hin und her.

Ich nehme meine Tasche, hole meine Trinkflasche heraus und mache mich direkt auf den Weg zur Pferdekoppel, die gleich neben dem Hühnerstall liegt.

✦

Schon von Weitem halte ich Ausschau nach Moon. Meine Chancen stehen allerdings schlecht, die von einem dunkelbraunen Holzzaun umgebene Koppel ist riesig. Die Pferde haben hier viel Platz, ihnen scheint es wirklich gut zu gehen. Die einzigen Vierbeiner, die ich entdecken kann, sind die beiden Minis, Max und Moritz. Die frechen Ponys galoppieren um die Wette. Immer wieder überholen sie sich gegenseitig oder weichen einander aus, als würden sie Fangen spielen. Am Gatter angekommen, lege ich meine Arme auf dem obersten Holzbalken ab und stütze mein Kinn darauf. Ich kneife die Augen ein wenig zusammen, um die Pferde besser erkennen zu können. An der Wasserstelle stehen Storm und Buddy. Auch ein paar der anderen Tiere erkenne ich definitiv wieder. Nur die graue Stute ist nirgends zu sehen. Merkwürdig. Ich setze mich auf den Boden und nehme einen großen Schluck aus der Trinkflasche.

»Na, wie war der erste Tag bis jetzt?«, fragt Finn, der plötzlich neben mir im Gras steht. Ich zucke zusammen, ich war so fixiert auf die Pferde, dass ich ihn nicht habe kommen hören.

»Hey, ganz gut bis jetzt«, sage ich.

»Cool, du warst mit Ina im Stall, oder?«

»Genau. Das war ganz schön anstrengend. Ich habe schon lange nicht mehr auf einem Hof geholfen.«

»Echt? Warum denn nicht?«

»Das ist eine lange Geschichte. Und nicht so wichtig. Was ist mit dir? Bist du eigentlich jeden Tag hier?«

»Nee, nur wenn Ferien sind. Quasi als Ferienjob ...«

»Ach so ... Sag mal, Ina hat mir erzählt, dass du heute Morgen Probleme mit einem neuen Pferd hattest ...«

»Und wie! Mit Moon, einer Stute, sie ist gestern Abend auf den Hof gekommen. Sie wollte sich überhaupt nicht von mir aus der Box führen lassen. Ich habe meine ganze Trickkiste ausgepackt, nichts hat geholfen. Erst als ich sie komplett in Ruhe gelassen habe, ist sie von selbst herausspaziert. Sie wollte mir wohl zeigen, wer hier der Boss ist.«

»Ach, und wo ist Moon jetzt?«, frage ich.

Finn zeigt auf einen Baum am Ende der Koppel. »Versteckt sich schon den ganzen Tag hinter der Eiche. Ich würde wetten, dass wir sie heute Abend nicht so einfach zurück in den Stall bekommen. Da bin ich mir zu einhundert Prozent sicher.«

Moon scheint einen ganz eigenen Kopf zu haben. Ich mag sie jetzt schon, selbst wenn sich rausstellt, dass es nicht die Stute von gestern Nacht ist. »Ich würde sie gerne mal sehen, kommst du mit?«

»Klar, wir können einfach hier außenrum gehen«, sagt Finn und hält mir eine Hand hin, um mir beim Aufstehen zu helfen.

»Schau, da vorne ist sie.« Mit dem Kopf deutet Finn in die Richtung eines Pferdes, das sich ganz offensichtlich unsichtbar machen will.

Ich gehe ein Stück näher an das Gatter und stütze mich daran ab. Nur vage kann ich das graue Pferd erkennen, das sich geschickt hinter den Baum presst. Ob es das Pferd aus meinem Traum oder auch Nicht-Traum ist, kann ich so allerdings nicht feststellen.

»Ich glaube nicht, dass sie uns weiter an sich heranlässt. Und ich muss eigentlich wieder an die Arbeit«, sagt Finn und stößt sich vom Gatter ab.

»Ist gut!«

»Ach, Tara?«

»Ja?«

»Schön, dass du da bist!«, sagt Finn und zwinkert mir zu, bevor er sich umdreht und zurück zum Hof eilt.

Ich muss lächeln. Wir haben zwar noch nicht viel geredet, aber Finn scheint echt nett zu sein.

Moon bleibt weiter hinter dem Baum versteckt. Sollte es wirklich das Pferd von letzter Nacht sein, müsste ich sein Leuchten jetzt definitiv sehen. Der Baum wirft nämlich einen riesigen runden Schatten auf die Wiese. Doch weder schimmert noch leuchtet es dort. Beruhigt atme ich aus. Wahrscheinlich habe ich mir das einfach alles eingebildet.

Ich setze mich im Schneidersitz vor dem Gatter auf den Boden und beobachte die sanften Riesen. Vor ein paar Jahren hätte ich auf jeden Fall auf der anderen Seite des Zaunes gesessen. Hätte mit Max und Moritz getollt und mich wahrscheinlich zu Moon in den Schatten der Eiche gesetzt. Ich puste mir eine Haarsträhne aus dem Gesicht und stütze mich mit meinen Händen hinter meinem Rücken ab.

Gerade als ich überlege, wieder zurück in den Stall zu gehen, bewegt sich etwas hinter dem Baum. Moon kommt aus ihrem Versteck hervor. Langsam läuft sie auf mich zu, dabei scheint sie aufmerksam alles zu beobachten. Ich bleibe einfach sitzen, mache nichts, schaue, was passiert, und warte.

»Hey«, sage ich, als sie direkt vor mir steht und leise schnaubt. »Da bist du ja, meine Schöne.« Ich betrachte die Blesse des Pferdes. Eine kleine Mondsichel mit unzähligen Tupfen drumherum, genau wie gestern Nacht. Ich spüre mein Herz in meiner Brust schlagen. Jetzt, wo Moon vor mir steht, bin ich unsicher. Sie ist noch viel größer, als ich dachte. Und ich fühle mich hier unten auf dem Boden winzig klein. Moon grast dicht am Zaun. Immer ein Ohr in meine Richtung gedreht. Plötzlich sieht sie mich an, blinzelt und legt sich auf den Boden.

»Hey du«, sage ich und lächle. »Du bist auch neu hier, oder?« Ich rücke noch ein Stückchen näher an den Zaun heran, wische meine feuchten Hände an meiner Hose ab und halte sie ihr zum Schnuppern hin. Moon drückt ihre Nase dagegen. Vorsichtig streiche ich über die seidige Mähne und flüstere: »Du bist es wirklich, oder?« Ich spüre den warmen Atem des Pferdes auf meiner Haut. Wieder durchfährt mich eine Gänsehaut. Diese Begegnungen mit dem Tier sind irgendwie besonders. Ich habe schon viele Pferde kennengelernt, aber dieses hier ist anders. Das spüre ich einfach. Auch wenn ich mir das leuchtende Fell gestern Nacht vielleicht eingebildet habe. Moon vertraut mir aus irgendwelchen komischen Gründen ziemlich doll. Pferde sind Fluchttiere und legen sich nur hin, wenn sie sich wirklich sicher fühlen. Und mir geht es ähnlich. Ich fühle mich wohl in Moons Nähe, sicher.

Doch plötzlich erschreckt Moon sich. Mit einem Satz springt sie auf und galoppiert zurück in den schützenden Schatten des Baumes.

Finn ist zurückgekommen und steht neben mir. Seine Hände in die Hüften gestemmt. Die Augen weit aufgerissen. »Wie hast du das gemacht?«

»Was gemacht?«

»Na, das! Mit Moon.«

»Ich habe nichts gemacht. Sie ist einfach zu mir gekommen.«

»Ist klar!«

»Wirklich. Was soll ich denn gemacht haben? Pferde lassen sich eher selten bestechen, wie du ja weißt.«

Er sieht über die Koppel zum Baum, hinter dem Moon sich nun wieder versteckt, und nickt. »Sie scheint dich zu mögen, das ist gut!«

»Ach ja?«

»Klar! Pferde legen sich nicht einfach so hin. Und Moon erst recht nicht. Dann kannst du sie ab jetzt immer auf die Koppel bringen und abends wieder einfangen«, sagt Finn und grinst schelmisch. »Eigentlich bin ich aber gekommen, um dich einzufangen. Elli und Ina suchen dich, kommst du mit?«

Ich nicke. Bevor ich gehe, schaue ich noch einmal zu Moon. Sie wiehert leise, so als würde sie mir *Bis bald* sagen.

Nur ein paar Minuten später helfe ich Ina dabei, frisches Stroh in den Boxen auszulegen. Ich nutze die Chance, um die von Moon noch einmal ganz genau zu inspizieren.

»Du, Tara, Mama hat gesagt, ihr seid so richtig bei Barbara eingezogen. Heißt das, du gehst hier nach den Sommerferien auch auf die Schule?«, fragt Ina auf einmal.

»Ich denke schon.« Da werde ich wohl nicht drum herumkommen … »Wie weit ist die Schule denn vom Hof entfernt?«

»Ungefähr eine halbe Stunde zu Fuß. Ich laufe jeden Morgen runter.«

»Eine halbe Stunde? Wieso fährst du denn nicht mit dem Bus?«, frage ich entsetzt.

Ina lacht. »Um die Uhrzeit fährt hier noch kein Bus, Tara.«

Mir klappt die Kinnlade runter. »Und was ist mit einem Fahrrad?«

»Geht auch, dauert aber etwa genauso lange, weil der Radweg außen herumführt. Zu Fuß kann man über die Felder, das ist schöner.«

»Das ist nicht dein Ernst! Dann kannst du ja demnächst mit uns mitfahren. Meine Mutter hat gesagt, sie bringt mich jeden Morgen.« Ich ziehe die Stirn kraus. »Jetzt weiß ich auch, warum. Dass es hier keine vernünftige Busverbindung gibt, hat sie nämlich verschwiegen.«

»Du kommst aus der Stadt, oder?«

»Ja, sieht man mir das an?«

»Nö, du siehst aus, als wärst du hier geboren. Zerrissene Jeans, T-Shirt, Haare zerzaust, Schmutz an den Händen.« Sie grinst. »Aber man hört es dir an. Mädchen aus Großstädten gehen nicht in die Schule, sie werden chauffiert.«

»He!« Ich stupse sie in die Seite.

Sie fängt an zu lachen. »Ist doch wahr!«

»Na, ihr zwei gackernden Hühner. Ihr macht sogar Henri und seinen Ladys echte Konkurrenz«, witzelt Elli, die gerade in den Stall kommt. »Ich würde sagen, ihr macht mal Schluss für heute. Für deinen ersten Tag bist du schon ganz schön lange hier, Tara.«

»Das macht mir nichts«, sage ich schnell, während ich die letzte Gabel Stroh in einem der Ställe verteile.

Elli lacht. »Das ist lieb von dir, für heute reicht es aber trotzdem. Ich würde mich allerdings sehr freuen, wenn du morgen früh wieder da wärst.«

»Das bin ich auf jeden Fall«, verspreche ich. »Aber was ist denn mit Moon? Meint ihr, Finn schafft es, sie zurück in ihre Box zu bringen? Er hatte doch heute Morgen schon Probleme. Und vorhin kam sie zu mir ans Gatter. Ich hatte das Gefühl, na ja, vielleicht mag sie mich ja.«

»Sie mag dich?«, hakt Elli nach.

Ich nicke und bin ein klein wenig stolz darauf. »Ich könnte Finn später helfen.«

»Wirklich nett von dir, Tara«, sagt Elli. »Aber Finn wird das schon hinbekommen.« Sie sieht auf die Uhr. »Ich glaube, dass deine Mutter und deine Tante schon auf dich warten. Und notfalls wissen wir ja, wo du bist, und können dich holen. Was hältst du davon?«

»Na gut, dann bringe ich nur noch eben meine Sachen in die Sattelkammer.«

»Mach das, bis morgen, Tara!«

Nachdem Ina und ich unsere Sachen weggeräumt haben, verabschiede ich mich noch schnell von allen, bevor ich mich auf den Weg zu Mama und Tante Barbara mache. Heute können sie jedenfalls nicht behaupten, dass ich für Stallarbeiten viel zu sauber aussehe.

✦

»Hallo, Mama!«, rufe ich, während ich mir die dreckigen Schuhe ausziehe.

»Hallo, mein Schatz. Ich würde dich ja gerne drücken, aber …« Mama rümpft die Nase und zieht mit zwei Fingern ein langes Stück Stroh aus meinen Haaren. Dabei tut sie so, als hätte sie etwas furchtbar Ekeliges entdeckt. Doch ihre Augen blitzen verspielt.

»Ich gehe erst mal ins Bad«, sage ich.

»Das ist eine hervorragende Idee.«

Eine erfrischende Dusche später lasse ich mich im Wohnzimmer auf die Couch fallen. Ich seufze, die Arbeit war doch anstrengender als gedacht. Das merke ich erst jetzt richtig.

»Gut siehst du aus, deine Wangen sind ganz rosig«, sagt Mama und lächelt sanft.

»Mir geht's auch gut.«

Sie drückt mir einen Kuss auf die Stirn. »Und weißt du was? Ich glaube, dass dein Tag gleich noch viel schöner wird.«

»Was? Wieso das denn?«

»Guck mal, was da auf dem Küchentisch steht …«

Mein Herz macht einen kleinen Sprung. Fast hätte ich es vergessen. »Das Smartphone!«, platzt es aus mir heraus. Ich schnappe mir den Karton. »Darf ich hochgehen, um es einzurichten?«

»Natürlich! Aber du musst mir vorher noch eine Sache versprechen.«

»Was denn, Mama?«

»Auf dieses Smartphone passt du bitte eine ganze Spur besser auf als auf deine letzten beiden. Das ist deine letzte Chance. Sonst bleibst du ohne Handy.«

»Versprochen! Großes Ehrenwort«, sage ich und strahle meine Mutter an.

»Na los, dann ab mit dir.«

Das lasse ich mir natürlich nicht zweimal sagen. Mit dem Karton unter dem Arm stürme ich die Treppe nach oben. Ich bin so ungeduldig, dass ich gleich zwei Stufen auf einmal nehme. In meinem Zimmer lege ich den Karton auf das Bett. Etwas Gutes hatte der Verlust meiner letzten beiden Handys jedenfalls. Ich bin jetzt Expertin im Einrichten, lange sollte ich nicht dafür brauchen, und dann bin ich endlich wieder online. Wobei ich ehrlich zugeben muss, dass ich durch die ganze Sache mit dem Gnadenhof und Moon kaum ans Handy gedacht habe … Na ja, trotzdem freue ich mich wie eine Schneekönigin auf Papas Geschenk.

Keine Stunde später tippe ich die erste Nachricht an meine beste Freundin.

Ich bin wieder da!

Dahinter setze ich ein rotes Herz-Emoji.

Da kommt meine Mutter zu mir ins Zimmer. »Sag mal, hättest du Lust auf einen kleinen Stadtbummel? Barbara und ich, wir dachten, du könntest ein paar eigene Reitstiefel gebrauchen.« Sie lächelt. »Und vielleicht ein paar Arbeitshandschuhe?«

»Au ja«, sage ich, doch dann fällt mir ein, was Mama erst gestern zu unserer Finanzsituation gesagt hat. »Aber eigentlich passen mir Inas ganz gut.«

Meine Mutter grinst breit. »Ich habe den Auftrag für die Übersetzung bekommen, da sind ein Paar Schuhe auf jeden Fall drin. Und außerdem möchte ich Barbara und dich zum Essen und ins Kino einladen.«

Ich schaue kurz zum Fenster. Zu gern würde ich noch mal zur Koppel gehen und später auch noch mal zur Box, um Moon zu sehen. Dass sie bei mir so zutraulich ist und vor Finn immer abhaut, macht mich noch viel neugieriger auf sie. Ich möchte unbedingt herausfinden, was da ist. Aber eigene Stiefel und Kino klingen gut.

»Das ist ja cool mit deinem Auftrag. Dann komme ich gern mit, das müssen wir feiern!«

Erst vor zwei Tagen habe ich noch gedacht, dass nun die schlimmste Zeit meines Lebens beginnt. Und heute sieht die Welt schon ganz anders aus. Wenn ich Maja nur nicht so sehr vermissen würde. Sie fehlt mir unendlich. Wenigstens haben unsere Mütter vorhin miteinander telefoniert und alles klargemacht. In zwei Wochen sehen wir uns wieder – eine ganze Woche lang, Tag und Nacht.

Es ist jetzt zwei Uhr dreiundzwanzig, und ich liege wach im Bett. Mein Blick geht immer wieder zum Fenster. Ich rolle mich zur Seite und versuche einzuschlafen. Aber es gelingt mir nicht. Stattdessen lausche ich in die Nacht hinein, ob ich vielleicht ein Wiehern oder Schnauben höre. Um Punkt halb drei halte ich es nicht mehr aus. Ich schäle mich aus meinem Bett und gehe ans Fenster. Sofort pocht mein Herz schneller, Gänsehaut breitet sich auf meinem Körper aus. Aus dem Pferdestall des Gnadenhofes dringt ein sanft schimmerndes Licht. Es sieht genauso aus wie in der letzten Nacht. Nur das Surren ist diesmal nicht zu hören. Aber das ist doch unmöglich. Ich habe Moon gesehen. Sie ist ein ganz normales Pferd. Eine graue Stute. Mit ganz normalem Fell. Den ganzen Tag schimmerte überhaupt nichts mehr. Und in ihrer Box habe ich auch nichts Ungewöhnliches gefunden. Keine Lampen, keine Strahler … Jetzt kann es nur noch einen Grund geben: Ich drehe durch!

8.

Das ist … Magie

Vorsichtig schiebe ich das Tor zum Stall auf. Nur so weit, dass ich gerade hindurchpasse. Ich versuche, mucksmäuschenstill zu sein, damit die Pferde sich nicht erschrecken. Erneut fühle ich mich wie eine Mischung aus einer Verbrecherin und einer Detektivin. Obwohl ich eigentlich nichts Schlimmes im Sinn habe, ist es nicht okay, was ich hier mache. Das weiß ich eigentlich. Dennoch kann ich nicht anders. Ich muss wissen, was hier vor sich geht. Wieder ist es so, als würde mich eine magische Schnur direkt zu Moon ziehen. Als ich sie sehe, breitet sich ein warmes, wohliges Gefühl in mir aus. Das kann keine bloße Einbildung sein, dafür wirkt es viel zu real. Das ist wirklich … Magie. Die Umgebung füllt sich mit einem leisen Surren. Dass ich hier bin, jetzt genau in diesem Moment, fühlt sich unfassbar gut an. Ich schaue mich im Stall um. Max und Moritz stehen dicht aneinandergekuschelt in ihrer Box und blicken mich neugierig an. Storm spitzt die Ohren und beobachtet mich ganz genau. Ich schnappe mir den kleinen Schemel, der in der Mitte der Stallungen steht, stelle ihn direkt vor Moons Box und steige darauf. Das Fell der Stute schimmert noch viel schöner, als ich es in Erinnerung hatte. Anmutig steht sie da und schaut mich mit ihren großen dunklen Augen an.

»Hallo, du«, flüstere ich und strecke meine Hand aus. Moon drückt ihre Stirn dagegen und schnaubt leicht. Es ist wie ein ganz privates Begrüßungsritual, unser Begrüßungsritual. Vertraut, als würden wir uns schon ewig kennen. Wie gerne würde ich ein bisschen näher an sie rangehen. Ob ich die Tür zu der Box öffnen und hineingehen soll? Schnell verwerfe ich den Gedanken wieder. Wenn Moon ausbrechen und sich wegen mir womöglich verletzen sollte, würde ich mir das nie verzeihen. Behutsam kraule ich sie hinter den Ohren. »Wer bist du nur?«, frage ich, obwohl ich genau weiß, dass Moon mir nicht antworten kann.

Ein Windstoß lässt das Tor ins Schloss knallen.

Ich schrecke auf und drehe mich um. »Mist!«, entfährt es mir. Das war laut! Warum habe ich es denn nicht hinter mir geschlossen? Ich horche eine Weile, aber die Tiere auf dem Hof scheinen sich nicht erschreckt zu haben. Auch die Pferde stehen weiter ruhig in ihren Boxen.

Doch dann glimmt Moons Fell kurz auf, bevor es immer blasser wird. Sie sieht nervös aus, ihre Ohren bewegen sich schnell hin und her.

»Was ist?«, flüstere ich.

Plötzlich geht mit einem Rums das Tor auf. »Hallo?«

Ich erkenne die Stimme sofort. Es ist Ina, sie muss wach geworden sein.

Das Licht geht an und blendet mich. Ich kneife die Augen zusammen.

»Tara?«

»Hi …«, stammle ich und winke Ina unbeholfen.

»Was machst du denn hier? Ist alles okay? Es ist verdammt spät. Ich habe ein Geräusch gehört und dachte, dass etwas mit den Pferden ist.«

»Ich, ähm …« Was soll ich denn jetzt bitte sagen? Eine gute Ausrede dafür, dass ich mitten in der Nacht im Pferdestall rumstehe, hab ich nicht. Ob ich Ina einfach die Wahrheit sagen soll? Moons Fell schimmert immer noch ein wenig, das müsste Ina doch sehen, oder? Oder tut sie es nicht und hält mich dann für völlig durchgeknallt? Und wenn sie es danach ihrer Mutter erzählt? Elli würde es ganz sicher Mama und Tante Barbara sagen, und dann glauben alle, ich wäre verrückt … Aber was bleibt mir anderes übrig? Meine Mutter sagt immer, dass man mit der Wahrheit am besten fährt. Lügen kommen sowieso ans Licht. Bisher hatte sie damit immer recht.

»Das ist eine lange Geschichte, es könnte vielleicht ein bisschen verrückt klingen …«, fange ich an.

»Verrückter, als nachts in Ställe einzubrechen? Erzähl schon! Aber lieber draußen, lassen wir die Pferde schlafen.«

Ich nicke. »Okay.«

Ich setze mich neben Ina auf die Bank und lehne mich an die Stallwand. Der Himmel ist immer noch rabenschwarz, abgesehen vom Vollmond. Doch es ist ganz angenehm, die Luft ist warm, nur ab und zu kommt Wind auf.

»So, und jetzt raus damit. Warum besuchst du mitten in der Nacht unsere Pferde?«, fordert Ina mich auf, scheint aber nicht wirklich böse zu sein.

»Also gut, letzte Nacht hat alles angefangen. Ein Geräusch hat mich geweckt. Ich wusste nicht, woher es kam, und habe aus dem Fenster geschaut. Ich kann von meinem Schlafzimmer aus direkt auf euren Hof schauen, weißt du. Ich habe ein schimmerndes, blasses Licht gesehen, das aus dem Stall kam. Es sah seltsam aus. Silbrig, glänzend, ganz und gar nicht normal … Ähnlich wie du wollte ich wissen, ob mit den Pferden alles in Ordnung ist. Ehrlich gesagt habe ich mich aber auch wie magisch davon angezogen gefühlt. Ich musste einfach nachschauen.«

»Heißt das, du bist gestern auch schon eingebrochen?«

Ich nicke.

»Okay, und was genau war das jetzt für ein gespenstisches Licht?«

»Hast du es eben denn nicht gesehen?«

»Nein«, sagt Ina und schüttelt mit dem Kopf. »Der Stall war komplett dunkel. Ich habe dich erst entdeckt, als ich das Licht eingeschaltet habe.«

»Aber … Moon … ihr Fell, es leuchtet«, stammle ich. Das kann doch nicht sein? Wieso behauptet Ina, dass sie nichts gesehen hätte?

»Bist du dir wirklich sicher, Tara? Hast du vielleicht geschlafwandelt und das nur geträumt?«

»Ich bin mir sicher! Es war ganz eindeutig so. Ich habe es gesehen. Zweimal. Ich schlafwandle nicht, das habe ich noch nie gemacht. Und … und ich glaube nicht, dass ich geträumt habe«, erkläre ich, während ich Angst kriege, dass Ina tatsächlich denkt, ich wäre irre. Das komische Großstadtmädchen, das Gespenster sieht.

Sie schaut mich fragend an. »Das ist wirklich merkwürdig. Ich habe echt nichts gesehen.«

»Hmm«, mache ich. »Heute Mittag habe ich auch daran gezweifelt. Ich habe mir Moon und auch ihre Box ganz genau angeschaut. Am Tag hat ihr Fell nicht geschimmert. Aber jetzt war es wieder da …«

»Ich bin mir sicher, dass es eine Erklärung dafür gibt. Vielleicht hat der Mond in einem ganz bestimmten Winkel in den Stall geleuchtet, oder etwas hat reflektiert oder so«, sagt Ina.

»Kann sein …«, antworte ich. Aber nur, damit Ina nicht wirklich anfängt, an meinem Verstand zu zweifeln. Ich bin mir nämlich absolut sicher. Es war Moons Fell, das geleuchtet hat.

»Du magst Moon sehr gerne, oder? Ist das so was wie Liebe auf den ersten Blick bei euch? Moon lässt niemanden an sich ran, außer dich. Finn hat mir von der Koppel erzählt. Er war ganz entsetzt.« Ina lacht laut auf. »Finn behauptet immer, dass er der Pferdeflüsterer sei. Er kann wirklich gut mit den Tieren umgehen, aber bei Moon kommt auch er an seine Grenzen. Na ja, und mit Buddy hat er auch eine ganze Zeit gebraucht.«

Ich muss grinsen und erinnere mich an seinen bestürzten

Blick, als Moon am Gatter bei mir lag. »Ja, ich fühle mich einfach wohl mit ihr.«

Ina lächelt. »Das Gefühl hatte ich mit Storm auch, ich weiß genau, was du meinst.«

»Echt?«, frage ich.

»Ja, manchmal glaube ich sogar, dass sie mich genau versteht, wenn ich mit ihr rede. Ich verrate ihr all meine Geheimnisse, meine Sorgen, und wenn ich traurig bin, kann mich niemand so gut trösten wie sie.«

»Das ist schön! Ich hatte auch mal ein Pferd, mit dem ich so vertraut war.«

»Und was ist mit dem Pferd passiert?«, fragt Ina.

Prompt stolpert Maja in meinen Kopf. Die Erinnerungen kommen hoch, Bilder, die ich am liebsten für immer vergessen würde. In den letzten Tagen konnte ich das, was passiert ist, gut verdrängen. »Das ist eine andere lange Geschichte.«

»Möchtest du sie mir erzählen?«

Ich überlege einen Augenblick und beschließe, es zu tun. »Meine beste Freundin Maja und ich, wir sind schon immer geritten. Seit wir ganz klein waren, haben wir jede freie Minute gemeinsam auf dem Hof verbracht. Wir waren zusammen in den Reiterferien, hatten beide sogar eine Reitbeteiligung, also fast ein eigenes Pferd. Maja hatte Bounty und ich Fee, eine junge Fjordpferd-Stute. Sie war mein Herzenspferd. Und Maja ging es genauso mit Bounty. Alles war perfekt.«

»Oh, ein Fjordi! Fee ist ein toller Name«, sagt Ina.

»Ja«, bei dem Gedanken an Fee muss ich lächeln. »Es war wirklich eine sehr schöne Zeit, bis es einen Unfall gab.« Ich atme tief ein, mir fällt es immer noch nicht leicht, darüber zu sprechen. »Maja und ich wollten mit Fee und Bounty ausreiten. Maja war schon längst fertig und hat ein paar Runden mit Bounty auf dem Platz gedreht, als ich noch mit dem Satteln beschäftigt war. Alles war gut, wir hatten Spaß, das Wetter war schön.«

»Und dann?«, fragt Ina leise.

»Plötzlich habe ich Maja schreien hören. Ich habe mich umgedreht und gesehen, dass Bounty sich auf den Boden geworfen hat, um sich zu wälzen. Einfach so, ohne Vorwarnung, mit Maja auf dem Rücken. Meine beste Freundin lag unter dem Pferd und hat geschrien. Ich habe sofort alles stehen und liegen gelassen und bin zu ihr gerannt. Zum Glück haben noch mehr Leute mitbekommen, was passiert ist, und haben uns geholfen.«

Schockiert hält Ina sich die Hände vor den Mund. »Und jetzt? Geht es Maja gut?«, fragt sie vorsichtig.

»Ihr geht es wieder gut. Sie hatte sich an der Wirbelsäule und einem Bein verletzt und konnte eine ganze Zeit lang nicht mehr richtig laufen. Es ist aber fast alles wieder verheilt. Wahrscheinlich auch, weil so schnell Leute da waren, um zu helfen.«

»Da hatte sie wirklich viel Glück. Das hätte auch anders ausgehen können. Wieso hat Bounty das gemacht? Normalerweise wälzen Pferde sich nicht mit ihrem Reiter auf dem Rücken.«

»Sie hatte leichte Koliken, das ist im Nachhinein herausgekommen. Sie war kein böses Pferd und wollte Maja auch ganz sicher nicht verletzen.«

»Bestimmt nicht.«

»Seitdem habe ich nie wieder auf einem Pferderücken gesessen. Ich hatte plötzlich große Angst vorm Reiten und habe Pferden nicht mehr über den Weg getraut. Die Bilder waren einfach viel zu schlimm, ich habe sie lange Zeit nicht mehr aus dem Kopf bekommen. Bis ich mit Mama hierhergezogen und bei euch im Hof gelandet bin.«

»Das verstehe ich. Es muss schrecklich sein, so etwas mitzuerleben. Und wie ist es mit Maja? Reitet sie wieder?«

»Nein, sie konnte sich noch nicht überwinden. Eigentlich wollte sie sofort wieder reiten, sobald sie gesund genug war. Aber bis jetzt wurde daraus nichts. Sie hat viel zu große Angst bekommen, genau wie ich. Ich habe mir sogar geschworen, nie wieder auch nur in die Nähe eines Pferdes zu kommen.«

»Und dann kamen Buddy und Moon …«, wirft Ina ein.

Ich muss grinsen. »Ja, dann kamen Buddy und Moon, und meine Gedanken waren fast wie weggeblasen.«

»Heißt das, du könntest dir vorstellen, auch mal wieder zu reiten?«

»Ich weiß nicht, vielleicht …«, sage ich und puste mir eine Haarsträhne aus dem Gesicht. Nie hätte ich gedacht, dass ich das mal sagen würde.

Auf einmal grinst mich Ina bis über beide Ohren an. »Wie wäre es auf Moon? Wenn Finn das sieht, wird er bestimmt richtig fuchsig. Dann kann er den Orden des Pferdeflüsterers nämlich an dich abgeben, Tara. Wobei … Das kann er so oder so!«

Ich muss lachen. »Finn würde das bestimmt nicht so lustig finden wie wir. Aber, na ja, vielleicht? Wenn ich ein Pferd reiten würde, dann Moon. So viel steht fest.«

»Vielleicht siehst du sie deshalb leuchten?«, überlegt Ina. »Ist doch egal, ob es echt ist oder eingebildet.« Sie nickt. »Es ist ein Zeichen!«

»Meinst du?«

»Auf jeden Fall. Irgendwas Besonderes scheint da zwischen euch zu sein.«

»Wenn das wirklich so ist, dürfte ich mich dann ein bisschen mehr um sie kümmern?«

»Natürlich! Wir brauchen eh jede Hilfe, die wir kriegen können.« Sie hält sich die Hand vor den Mund und gähnt laut.

Auch ich merke, dass meine Augen immer schwerer und schwerer werden. »Sag mal, wie spät ist es eigentlich?«

»Drei Uhr nachts«, sagt Ina mit großen Augen. »Wir sollten schnell wieder ins Bett gehen, sonst überleben wir den Tag morgen nicht.«

»Sollten wir wohl lieber.« Ich stehe auf. »Hast du was dagegen, wenn ich noch mal kurz zu Moon reingehe?«

»Nein, mach ruhig.« Sie gähnt wieder. »Bis morgen. Oder besser gesagt, bis später.«

Ich gehe zu Moons Box. Moon schnaubt, als sie mich sieht.

»He, meine Schöne«, sage ich und lasse sie an meiner Hand schnuppern. »Verrätst du mir, was es mit dem Leuchten auf sich hat?« Ich schaue aus dem Fenster zum Mond. »Ina meint, dein Fell reflektiert bloß das Mondlicht. Aber das glaube ich nicht. Und auch nicht, dass ich mir das alles nur einbilde.« Ich streiche ihr über den Hals. »Wenn du mich nur verstehen könntest, Moon.«

Plötzlich schimmert ihr Fell wieder, sie hebt ihren Kopf und wiehert leise.

9.

Die reinste Gruselparade

»Guten Morgen«, rufe ich und unterdrücke mein Gähnen, als ich zu Ina und Finn in der Frühe auf den Hof eile.

»Was ist denn bei euch falschgelaufen?«, fragt Finn und zieht eine Augenbraue hoch.

»Wieso?«, frage ich und gebe mir bei dem Versuch, meine Müdigkeit zu überspielen, besonders viel Mühe.

»Ihr seht aus, als hättet ihr tagelang nicht geschlafen. So tiefe Augenringe habe ich noch nie gesehen. Richtig gruselig!«, antwortet Finn.

»Das ist unser Geheimnis«, sagt Ina und lächelt mich an.

Finn streckt die Arme nach vorn, zieht dabei eine Grimasse und schlurft so zum Stall. »Ihr seht aus wie Zombies.«

»Dann pass gut auf dich auf«, kontert Ina und folgt ihm.

Lachend und jetzt hellwach gehe ich hinterher. Mein erster Blick fällt auf Moon und ihr Fell. Nichts leuchtet, es ist wie verhext.

»Tara, du kannst doch so gut mit Moon«, sagt Finn und zeigt auf die graue Stute.

»Ja, wieso?«, frage ich.

»Dann bring du sie auf die Koppel«, antwortet er und drückt mir einen Halfter und einen Strick in die Hand. »Ich gebe es auf mit ihr.«

Einen kurzen Moment schaue ich zwischen Finn und Moon hin und her. Mein Herz pocht wild von innen gegen meine Brust. Soll ich wirklich?

»Okay«, sage ich schließlich und gehe auf Moon zu. »Hallo, meine Schöne.« Ich strecke meine Hand nach ihr aus. Sie blinzelt, drückt ihre Stirn gegen meine Hand und brummt leise. Plötzlich weiß ich genau, was zu tun ist. Alle Unsicherheiten sind wie durch Zauberhand verflogen. Ich lege das Halfter und den Strick neben der Box auf den Boden und öffne das Tor.

»Bist du verrückt, du kannst doch nicht …«, entfährt es Finn, der einen Satz macht, um das Tor zu Moons Box schnell wieder zu schließen.

Doch Ina fasst ihn am Arm und hält ihn auf. »Lass sie. Tara macht das schon.«

Finn stemmt seine Hände in die Hüften. »Da bin ich aber gespannt. Ich habe nämlich keine Lust, dem Pferd gleich über das ganze Gelände hinterherzurennen, um es wieder einzufangen.«

»Das wirst du nicht müssen«, sage ich bestimmt und öffne das Tor. Zum ersten Mal stehe ich direkt vor Moon, ohne eine Barriere zwischen uns, und betrachte sie in ihrer ganzen Schönheit. Ich kraule sie hinter den Ohren und freue mich, als sie blinzelt und leicht schnaubt.

»He, meine Schöne, kommst du mit?«, frage ich sanft,

drehe mich um und gehe langsam durch den Stall auf das Tor nach draußen zu. Ich höre Moons Hufe, die langsam hinter mir hertrotten, und lächle stolz, als ich in Finns entsetzt dreinblickende Augen und seinen vor Staunen geöffneten Mund sehe.

✦

»Danke, Moon«, flüstere ich, schließe das Gatter und gehe zurück zu Ina und Finn, die ein paar Meter entfernt warten.

»Das gibt's doch nicht!«, platzt es aus Finn heraus. »Wie hast du das gemacht?«

»Ich habe sie einfach gefragt, ob sie mit mir mitkommt«, erkläre ich.

»Verrückt!«, sagt Finn. »Ich weiß echt nicht, was ich dazu sagen soll.«

»Dann lass es einfach«, erwidert Ina. »Nimm es so hin, wie es ist.«

Wir kennen uns kaum, aber ich mag Ina wirklich gern. Mir gefällt ihre direkte Art. Und witzig ist sie auch. Allerdings hat Finn in einer Sache recht. Ina sieht furchtbar aus, und wenn ich nur annähernd so aussehe, ist das hier wirklich die reinste Gruselparade.

✦

Der Tag zieht sich wie Kaugummi. Wie ein großes, viel zu dehnbares Kaugummi. Schleppend erledigen wir die nötigsten Arbeiten. Nachdem wir die Sattelkammer ausgefegt und den Boden geschrubbt haben, lassen wir uns erschöpft auf die Bank vor dem Stall fallen. Dieses Mal zu dritt, wobei Finn alles andere als erschöpft aussieht.

Plötzlich kommt Elli um die Ecke. »Na, ihr drei, macht ihr ein Päuschen?«

»Die beiden haben schlappgemacht«, sagt Finn, schüttelt den Kopf und deutet auf uns.

»Hey«, sagt Ina und knufft ihn in die Seite.

Elli wedelt sich mit der Hand etwas Luft zu. »Heute ist es aber auch warm, da kann man schon mal schnell aus der Puste kommen. Was haltet ihr davon, wenn ihr die Arbeit für heute sein lasst und etwas Schönes unternehmt?«

Sofort beginnen Inas Augen zu leuchten. »Das ist eine gute Idee! Habt ihr Lust, zum Badesee zu fahren?«

»Au ja!«, sagt Finn und springt auf.

Ein Bild von Maja und meiner alten Clique schießt mir durch den Kopf. Und wie schön es wäre, wenn sie jetzt dabei sein könnte.

»Der ist echt toll«, sagt Ina. »Tara, du musst unbedingt mitkommen.«

»Oder lernt man in der Stadt nicht schwimmen?«, witzelt Finn.

»Ja nee, is klar, Finn.« Ich schubse ihn in die Seite. Dass ich stolze Besitzerin des Goldabzeichens bin und früher den einen oder anderen Wettkampf im Freistil gewonnen habe, behalte ich für mich. Ich will ja nicht angeben.

Elli lächelt. »Gut, dann würde ich sagen, ich fahre kurz mit dir nach Hause, Finn. Du musst doch sicher ein paar Sachen holen, oder?«

»Super, danke, Elli!« Finn verschwindet mit Inas Mutter.

»Woah! Das ist so cool, ich war diesen Sommer noch gar nicht am See. Ich gehe schnell in mein Zimmer und ziehe mich um. Treffen wir uns gleich wieder hier?«, fragt Ina.

»Machen wir«, sage ich, schnappe mir meinen Rucksack und laufe zurück zum Resthof von Tante Barbara. Mama scheint wieder da zu sein. Ich öffne die Tür zur Wohnscheune, hänge meinen Rucksack an die Garderobe und rufe: »Hallo, Mama, ich bin wieder da! Weißt du zufällig, wo mein Badeanzug ist? Wir fahren an den See.«

Während ich noch dabei bin, mir die Schuhe auszuziehen, kommt meine Mutter die Treppe herunter. »Hallo, Tara-Schatz. Was macht ihr? Ihr fahrt an den See? Seid ihr denn schon durch für heute?«

»Ja, Elli hat uns quasi hitzefrei gegeben«, sage ich.

»Dein Badeanzug ist in dem Umzugskarton in meinem Schlafzimmer. Ich habe ihn gestern noch gesehen, als ich etwas gesucht habe.«

»Super!« Ich flitze an meiner Mutter vorbei, und kurze Zeit später bin ich in meinen Badeanzug und ein luftiges Kleid geschlüpft, habe meine Haare zu einem Dutt zusammengebunden und die Tasche gepackt.

»Pass schön auf«, sagt Mama und winkt mir zu, als ich zur Haustür gehe.

»Immer, weißt du doch!«, rufe ich und winke zurück.

✦

Zurück auf dem Gnadenhof, steht Ina vor ihrem Haus und wartet. Ungeduldig tippelt sie auf ihren grünen Sandalen hin und her.

»Hast du alles?«, frage ich und zeige auf Inas Strandtasche, die, was mich überhaupt nicht wundert, bestickt ist mit lauter grünen Blümchen, passend zu den Sandalen.

»Klar«, sagt sie. »Ich habe uns sogar ein bisschen Proviant eingepackt.«

»Cool! Jetzt fehlt nur noch Finn.«

»Jup«, stimmt Ina mir zu.

»Wie kommen wir eigentlich zum See? Ist es sehr weit?«

»Nee, ist nicht weit, aber hinlaufen muss ich auch nicht«, erklärt Ina. »Mama hat gesagt, dass sie uns fährt. Normalerweise fahre ich immer mit dem Rad. Guck mal, da vorne kommen die beiden.«

Einen kurzen Moment später hält Elli samt Finn auf dem Beifahrersitz neben uns. »Alle einsteigen bitte!«

✦

»Viel Spaß, ihr drei!«, ruft Elli uns durch das heruntergelassene Fenster zu und braust davon.

Erst jetzt sehe ich, dass Finn zwei luftleere Luftmatratzen unter den Arm geklemmt mit sich trägt. Das sieht vielversprechend aus! Wir kaufen am Schalter drei Tagestickets für den bewachten Badesee und betreten das Gelände.

»Wow!«, sage ich und staune nicht schlecht. »Hier ist es ja wunderschön!« Vor uns liegt ein riesiger See, die gegenüberliegende Seite ist von schattenspendenden Bäumen umgeben. Dort kann man nur vom Wasser aus hin. Auf unserer Seite wurde für Badegäste ein richtiger kleiner Sandstrand angelegt. Auf der linken Seite des Sees kann ich einen Spielplatz erkennen. Ich höre lachende Kinder, zwitschernde Vögel und Musik, die aus einem Lautsprecher dreier Mädels kommt, die direkt am Anfang der Liegewiese ihr Lager aufgeschlagen haben. Der See glitzert in der Sonne. Sofort ziehe ich meine Schuhe aus und grabe meine Zehen tief in den Sand. »Hmm«, mache ich. Das tut gut. Je tiefer ich mit meinen Füßen in den Sand buddle, desto kühler wird es.

»Da vorne ist noch eine freie Stelle, sollen wir uns da hinlegen?«, fragt Ina und zeigt auf die Liegewiese.

»Gute Idee, dann aber los, sonst schnappt uns noch jemand den Platz weg«, antwortet Finn und marschiert los.

Schnell breiten wir unsere Stranddecken aus. Ina und ich legen uns auf den Rücken und halten unsere Nasen in die Sonne, während Finn noch in seiner Tasche kramt.

»So ein Mist! Ich habe die Luftpumpe vergessen«, sagt er und lässt sich neben uns fallen.

»Können wir die Sachen nicht so aufpusten?«, frage ich.

»Also, ich sicher nicht«, antwortet er. »Das sind zwei riesige Dinger, Tara!«

»Zeig mal her«, sage ich. »Das müsste doch zu schaffen sein.«

Ina prustet los. »Ist klar! Ich gehe dann schon mal eine Runde schwimmen. Ihr könnt ja nachkommen, wenn ihr in hundert Jahren die Teile aufgeblasen habt.«

»Nix da, ich komme mit!«, sagt Finn und springt auf.

So schnell, wie die beiden im Wasser sind, kann ich gar nicht gucken. Na toll. Jetzt sitze ich hier allein mit diesen zwei Monstern. Aber die Blöße gebe ich mir bestimmt nicht, zumindest eines der beiden Dinger wird aufgeblasen!

Das Leben kann verdammt schön sein

Eine gefühlte Ewigkeit später ist die Luftmatratze endlich einsatzbereit. Dafür ist mein Kopf jetzt hochrot und pocht wie verrückt. Als könnte ich jeden Herzschlag in meiner Stirn spüren, irre! Viel länger hätte ich das Gepuste nicht durchgehalten. Mehr Luft geben meine Lungen nicht her. Jetzt schnell ins Wasser, Kopf abkühlen, bevor man darauf noch ein rohes Ei braten kann. Ich klemme mir die Luftmatratze unter den Arm und bahne mir meinen Weg zwischen zahlreichen bunten Handtüchern, Stranddecken, Sonnenschirmen und spielenden Kindern hindurch. Auf halber Strecke kommen mir Ina und Finn strahlend und sichtlich abgekühlt aus dem Wasser entgegen.

»Tolles Timing!«, sage ich. »Geht ihr noch eine Runde mit?«

»Gleich«, sagt Finn und wirft sich lässig die nassen Haare aus dem Gesicht.

Ich bekomme ein paar Tropfen ab und muss grinsen. Finn kommt sich mächtig cool vor.

»Ich muss mich auch erst mal aufwärmen«, erklärt Ina.

»Okay.« Ich renne mit der Luftmatratze direkt auf das Wasser zu, lasse mich mit einem lauten Platsch auf das kühle Nass fallen und gleite ein ganzes Stück auf den See. Als ich langsamer werde, beginne ich mit den Händen zu paddeln und lasse meine Füße im Wasser baumeln. Das Leben kann verdammt schön sein! Vor allem im Sommer. Im Sommer ist alles so viel leichter. Na ja, fast alles … Als ich mit meiner Luftmatratze fast von zwei Tretbootfahrern umgenietet werde, richte ich mich ein wenig auf. Auf dem See ist ganz schön viel Betrieb. Es sind ein paar Tretboote, einige Stand-up-Paddler und etliche Leute mit Luftmatratzen, Ringen, Schlauchbooten und verrückten schwimmenden Tieren unterwegs. In der Mitte des Sees erkenne ich fünf riesige pinke Schwimmreifen, die alle die Form von Einhörnern haben. Darin liegen je zwei Jungs, sie dürften alle in meinem Alter sein. Sie haben die Reifen mit einem Seil aneinandergebunden und scheinen eine Menge Spaß zu haben. Prompt denke ich wieder an Maja und an den Rest meiner Clique. Wie gerne hätte ich den verrückten Haufen jetzt hier bei mir. Ihnen würde es bestimmt gut gefallen. Ich schaue zum Ufer. Ina und Finn liegen in der Sonne und unterhalten sich. Ich bin froh, dass ich die beiden kennengelernt habe, und vor allem dass wir uns so gut verstehen. Wir könnten richtig gute Freunde werden. Mir war vorher gar nicht klar, wie wichtig mir meine Freunde sind und für wie selbstverständlich ich sie gehalten habe.

Mit einem »Hey« reißt mich jemand aus meinen Gedanken.

»Hey«, sage ich und überlege, ob ich das Mädchen mit den langen braunen Haaren schon einmal irgendwo gesehen habe. Sie liegt in einem lilafarbenen Schwimmreifen und lächelt mich an. Sie sieht hübsch aus, hat ein ganz feines Gesicht, sehr helle Haut und ein Muttermal direkt über der Oberlippe.

»Schön hier, oder?«, fragt sie und rückt sich die Sonnenbrille zurecht, die sie auf der Nase trägt.

»Und wie! Bei dem Wetter kann ich mir keinen besseren Ort vorstellen. Nur ein kühles Getränk könnte ich jetzt gut gebrauchen«, sage ich und lächle zurück.

»Gute Idee! Ich bin Celina«, sagt sie, paddelt etwas näher an mich heran und streckt mir ihre Hand entgegen.

»Tara!«, stelle ich mich vor und greife zu.

»Oh, das ist aber ein schöner Name. Hat Tara eine besondere Bedeutung?«

Ich nicke. »Meine Mutter hat ihn für mich ausgesucht, weil Tara im Persischen Stern heißt. Er hat aber in anderen Ländern auch noch andere Bedeutungen. Das Leben, die Kraft, die Starke.«

»Oh, wie cool.«

»Na ja«, sage ich. »Und eine Gewichtsangabe ist es auch.«

Sie lacht. »Stern gefällt mir besser.«

»Und was bedeutet Celina?«

»Keine Ahnung. Aber sollte ich mal herausfinden. Warum treibst du ganz allein auf dem See rum, Tara?«

»Meine Freunde liegen auf der Wiese, sie ruhen sich ein bisschen aus«, sage ich und zeige zu Ina und Finn.

»Ah, okay. Sonst hätte ich dich eingeladen, mit zu uns zu kommen. Aber dann scheinst du ja in guter Gesellschaft zu sein.«

»Bin ich, aber danke. Nett, dass du fragst!«

»Na klar! Kommst du hier aus der Ecke? Vielleicht sieht man sich ja mal wieder.«

»Ich wohne auf dem Resthof gleich neben dem Gnadenhof, falls der dir etwas sagt.«

Celina nickt. »Dann sehen wir uns sogar ziemlich sicher bald wieder. Aber ich muss jetzt, meine Freunde warten schon, und ehrlich gesagt vertrage ich nicht so viel Sonne.« Prompt lässt sie sich durch die Mitte ihres Reifens ins Wasser fallen und schwimmt davon.

»Bis bald«, sage ich und rolle mich von der Matratze. Im Wasser drehe ich mich auf den Rücken, strecke Arme und Beine lang von mir und lasse mich als Seestern im Wasser treiben. Auf anstrengendes Schwimmen habe ich keine Lust, dazu bin ich zu kaputt.

✦

»Tat die Abkühlung gut?«, fragt Ina, als ich zurück zu unserem Platz komme.

Zufrieden plumpse ich auf mein Handtuch. »Und wie! Aber jetzt ist etwas Sonne angesagt. Und dann …« Ich klopfe mir auf den Bauch. »Wollen wir uns gleich etwas zu essen holen? Mein Magen knurrt schon die ganze Zeit.«

Ina beginnt in ihrer Tasche zu kramen und holt eine große grüne Schüssel heraus. »Können wir gerne machen, aber bis dahin hilft dir vielleicht auch ein Stück Wassermelone, sie ist supersüß und saftig. Und endlich mal etwas anderes als Kirschen. Wollt ihr?«

Im Nu haben wir die ganze Melone verputzt.

»Sag mal, Tara, wer war eigentlich das Mädchen in dem Schwimmreifen bei dir? War das eine Freundin?«, fragt Finn.

»Nee, keine Freundin. Ich kenne bisher nur euch hier. Sie heißt Celina. Sie hat mich angesprochen, schien ganz nett zu sein.«

»Celina?« Ina zieht eine Augenbraue hoch und wechselt einen Blick mit Finn.

»Hatte sie zufällig lange braune Haare und ein zuckersüßes Lächeln?«, fragt Finn.

»Ja, das könnte passen. Sie liegt dahinten mit ihren Freunden«, erkläre ich und zeige in die Richtung, in der ich Celinas lilafarbenen Reifen erkenne.

Plötzlich verfinstert sich Finns Miene. »Pass bloß auf mit der!«

»Wieso? Was meinst du?«, frage ich.

»Na ja, die ist nicht wirklich nett«, ergänzt Ina.

»Wieso?«, hake ich noch einmal nach.

»Wir kennen sie. Glaub uns einfach«, antwortet Finn.

Die beiden haben offensichtlich ein Problem mit Celina. Aber eigentlich mache ich mir gern ein eigenes Bild. Auf meinen Bauch kann ich mich meistens verlassen. Wie auf Kommando fängt der an zu knurren. So laut, dass auch Finn und Ina es hören.

Ina prustet los, und Finn stimmt mit ein. »Die Melone hat wohl nicht gereicht«, sagt er.

»Nein, wohl eher nicht … Wer hat Lust auf Pommes?« Entschlossen, den armen Zustand meines Magens zu ändern, krame ich etwas Geld aus meiner Tasche.

✦

Satt und zufrieden sitzen wir eine Weile später auf unseren Handtüchern und genießen die letzten warmen Strahlen, während sich langsam eine große Wolke vor die Sonne schiebt.

»Sagt mal, habt ihr heute Abend eigentlich noch etwas vor?«, fragt Ina und rollt sich auf die Seite.

»Ja, meine Schwester hat Geburtstag. Meine Eltern haben für heute Abend so ein Familiending geplant«, antwortet Finn.

»Schade!«, sagt Ina. »Und du, Tara?«

»Eigentlich nichts. Wieso?«

»Ich wollte später ein bisschen reiten. Storm muss unbedingt bewegt werden. Vielleicht hast du Lust, mich zu begleiten?«

Mir wird heiß. Reiten? Ich? Ich habe ihr letzte Nacht zwar erzählt, dass ich es mir irgendwann vielleicht wieder vorstellen könnte, aber so schnell? Ich habe ewig nicht mehr auf einem Pferderücken gesessen. Direkt auszureiten, traue ich mir nicht zu.

»Ich weiß nicht …«

»Du kannst es dir ja überlegen. Ich würde mich auf jeden Fall freuen.« Sie lächelt. »Und Moon sicher auch.«

»Du willst sie auf Moon reiten lassen? Das kann doch

nicht dein Ernst sein«, sagt Finn. »Bis jetzt ist noch niemand auf ihr geritten. Wir wissen doch überhaupt nicht, wie sie sich verhält.«

»Ja, weil Moon niemanden an sich ranlässt. Außer Tara … Ich spreche später mal mit Mama, sie kann das wohl am besten einschätzen«, erwidert Ina. »Apropos, wir werden übrigens gleich abgeholt, so langsam sollten wir unsere Sachen packen.«

✦

Keine halbe Stunde später sitzen wir in Ellis Auto.

»Na, ihr drei, wie war es? Hattet ihr Spaß?«, fragt sie.

»Und wie!«, antwortet Ina. Finn und ich stimmen ihr zu.

»Du, Mama, ich möchte gleich noch ein bisschen mit Storm auf den Platz. Und wir dachten, dass es vielleicht keine schlechte Idee wäre, wenn wir Moon auch mitnehmen würden.«

»Moon? Ich weiß nicht, ob das so eine gute Idee ist. Wer soll sie denn reiten?«

»Tara«, antwortet Ina.

»Schatz, ich glaube, dass wir da etwas behutsamer vorgehen müssen.«

»Aber Mama, Tara ist die Einzige, die eine Verbindung zu Moon hat. Ich habe die beiden gestern Na…«, beginnt Ina, bricht aber mitten im Satz ab. Fast hätte sie sich verplappert.

»Siehst du, Ina«, sagt Finn da plötzlich. »Was, wenn Moon schlechte Erfahrungen gemacht hat? Das müssen wir alles noch herausfinden.«

Elli nickt zustimmend. »Ja, das kann durchaus sein. Wir wissen leider nicht viel über ihre Vergangenheit. Trotzdem müssen wir Moon eine Chance geben, und wenn du möchtest, Tara, widmen wir beide uns Moon morgen früh und schauen mal, was sie auf dem Kasten hat. Was meinst du?«, fragt sie und sieht im Rückspiegel zu mir.

Da ist er wieder, der Kloß im Hals. »Okay«, sage ich, obwohl mir verdammt mulmig dabei ist.

Pferdegeflüster

Mama und Tante Barbara werkeln im Garten. Bei den Temperaturen kann man erst gießen, wenn die Sonne nicht mehr so doll scheint. Sonst verbrennen die Pflanzen, hat Mama erklärt. Ich mache es mir auf meinem Bett bequem und hole mein Smartphone aus der Nachttischschublade. Ich habe es extra nicht mitgenommen, damit am See nichts passiert. Bei meinem Glück mit den Dingern hätte es mir wahrscheinlich direkt heute jemand aus der Tasche geklaut. Drei Nachrichten von Maja ploppen auf dem Display auf. Irgendetwas scheint bei ihr los zu sein. Ich rufe sie sofort an.

»Tara, da bist du ja endlich!«

»Sorry, dass ich mich jetzt erst melde. Ich war heute am See, was gibt's denn? Ist alles okay?«

»Hör bloß auf, endlich erreiche ich dich. Ich muss dir unbedingt etwas erzählen.«

»Was ist denn los?«

»Nichts Schlimmes, keine Sorge. Was Schönes. Unglaublich schön, würde ich sogar sagen. Ich war heute mit meinen Eltern unterwegs. Sie haben mich bei Alina abgeholt. Einfach so, ohne Vorwarnung. Ich habe schon die ganzen letzten Tage gemerkt, dass etwas im Busch ist, sie meinten aber immer, dass alles in Ordnung ist.«

»Und wo sind sie mit dir hingefahren?«

»Tara, jetzt halte dich gut fest, und setz dich hin! Ich verspreche dir, das ist der Oberhammer!«, sagt Maja und legt eine besonders lange Spannungspause ein. »Wir bekommen einen Hund. Einen Welpen! Einen kleinen Labrador-Welpen. Wir waren heute bei der Züchterin, um uns einen auszusuchen. Ich bin fast geschmolzen, so süß waren die acht kleinen Hundebabys.«

»Was? Das ist ja der Wahnsinn! Und wusstet ihr direkt, welcher es wird?«

»Ja, sofort! Wir haben uns gleich verliebt, es hat nicht lange gedauert. Warte, ich schicke dir ein Foto.«

Kurz darauf erscheint schon das Foto von einem kleinen, blonden Labrador-Baby mit der Unterschrift *Das ist Lilly.* »Lilly? Wie süß!«, sage ich. »Wann könnt ihr sie denn abholen?«

»Ein paar Tage nach meinem Besuch bei dir. Papa nimmt sich extra länger frei, damit wir uns auch richtig um die Kleine kümmern können.«

»Wow! Ich freue mich sehr für euch, Maja. Das ist superschön!«

»Du musst uns unbedingt besuchen kommen, wenn sie bei uns ist. Dann gehen wir spazieren, und vielleicht bringen wir ihr ja auch ein paar Tricks bei.«

»Unbedingt, das machen wir!«

»Und du? Was gibt es Neues bei dir?«

Ich erzähle Maja von unserem Tag am See und von Inas Idee, dass ich Moon reiten soll. Und dann kann ich nicht mehr anders. Ich kann nicht länger warten. Die ganze Geschichte um Moon platzt aus mir heraus. Angefangen mit der ersten Nacht, in der ich Moons Fell leuchten sah, erzähle ich Maja alles, bis ins kleinste Detail.

»Und weil wir die ganze Nacht wach waren und uns unterhalten haben, waren Ina und ich heute unfassbar müde. Maja, ganz ehrlich, ich weiß nicht, was hier vor sich geht. Ina kann Moons Fell nicht leuchten sehen, ich schon, aber nur im Mondlicht. Tagsüber ist alles ganz normal.«

»Krass!«

»Krass, du sagst es!«

»Und jetzt? Was willst du machen?«, fragt Maja.

»Ich hatte gehofft, dass du mir das sagen kannst. Du hältst mich also nicht für total bescheuert?«

»Quatsch, nein! So etwas gibt es. Ich glaube an übernatürliche Dinge, das weißt du doch. So wie die Eiche im Park. Immer wenn ich daran vorbeigehe, kribbelt es in meinem Körper. Du hast das nicht. Und ich habe es bei keinem anderen Baum. Ich bin sicher, dass da irgendwas vor sich geht.«

»Dein Naturgeist.« Ich lächle in mich hinein. Jedes Jahr sammelt Maja Eicheln, sobald sie vom Baum fallen. Sie ist überzeugt davon, dass sie Glück bringen. Ich habe eine ganze Schüssel voll davon in meinem Zimmer auf dem Bücherregal stehen. In der Nachttischschublade neben dem

Bett liegen auch welche. Und in mein Portemonnaie habe ich auch eine gesteckt.

»Nimm eine Glückseichel mit«, sagt Maja prompt.

»Hab ich auch gerade gedacht.«

»Und was das Schimmern angeht … Wenn du sagst, dass es so ist, ist es so. Ganz egal, worum es geht oder wie verrückt es sich auch anhören sollte. Ich glaube dir! Immer!«

Das ist typisch Maja, und genau deswegen habe ich sie auch so verdammt doll lieb. »Danke«, sage ich. »Und was meinst du, woher das Schimmern kommt?«

»Hm«, macht sie. »Vielleicht ist es wirklich so, dass nur du es sehen kannst, weil ihr tatsächlich füreinander bestimmt seid. Und nur du kannst ihre wahre Schönheit erkennen. Sozusagen das Innere, das nach außen scheint.«

»Sie ist wirklich wunderschön und ganz besonders«, sage ich.

»Siehst du, genau das meine ich.« Sie lacht. »Du hörst dich richtig verliebt an.«

»Bin ich auch.«

»Dann gib Moon eine Chance. Wehe, du kommst auf die Idee, dich zu drücken, Tara! Du schaffst das.«

Ich muss lachen. »Du kennst mich einfach viel zu gut!« Wir quatschen noch eine Weile und legen dann auf. Heute Nacht schlafe ich mit einer großen Portion Zuspruch und dem Wissen, dass meine beste Freundin in ein paar Tagen endlich bei mir sein wird, ein.

Am nächsten Morgen steht Ina vor dem Pferdestall und strahlt mich an. In ihren Händen hält sie Reitstiefel, mit denen sie mir zuwinkt. »Für dich«, sagt sie und drückt mir die Stiefel, eine Hose, ein Shirt und einen Helm in die Arme. Alles in Grüntönen, versteht sich.

»Ähm … danke!«, sage ich. »Sind die Sachen von dir?«

»Ja, ich habe sie gestern Abend extra noch für dich rausgesucht, ich habe viel zu viele Klamotten. Mama hat mich auf die Idee gebracht. Du kannst sie behalten, wenn du willst.«

»Ehrlich?« Auf einmal kommen mir fast die Tränen, weil Ina wieder so nett zu mir ist, weil ich gleich reiten werde und weil mein neues Zuhause gar nicht so schlimm ist, wie ich es mir vorgestellt habe. Ich hatte Ina erzählt, dass wir in der Stadt keine passenden Stiefel für mich gefunden hatten. Sie hat es sich gemerkt. Ich falle ihr um den Hals. »Danke!«

»Ach was, nicht dafür. Mama kommt gleich. Sie freut sich schon sehr darauf, mit dir und Moon zu arbeiten.«

»Ich mich auch! Ich bin aber auch echt nervös, du weißt schon …«

»Brauchst du nicht zu sein, ich bin mir sicher, dass du es schnell wieder lieben wirst. So wie du und Moon miteinander seid … Und wenn es gar nicht gehen sollte, sagst du einfach Bescheid.«

»Okay!«

Und da kommt auch schon Inas Mutter gut gelaunt auf uns zu. »Morgen, Tara. Na, bist du bereit?«, fragt Elli und zeigt auf den Pferdestall.

»Guten Morgen«, sage ich und nicke zaghaft.

»Super, dann zieh dich doch erst mal um, ich hole in der Zeit das Putzzeug raus.«

»Ist gut!« Kurz darauf stehe ich in voller Montur vor Elli. Inas Sachen passen wie angegossen, ich fühle mich richtig wohl darin. Es ist ein unbeschreiblich schönes Gefühl, wieder Reitsachen zu tragen. In die Hosentasche habe ich eine von Majas Eicheln gesteckt, mein ganz persönlicher Glücksbringer für heute.

»Gut siehst du aus!«, sagt Elli.

»Danke!«

»Ich gehe Moon schnell holen.« Und schon verschwindet Elli im Stall.

Von ihr lässt sich Moon ohne Murren das Halfter anlegen und aus der Box führen. Vielleicht hat Moon auch einfach etwas gegen Finn. Unwillkürlich muss ich grinsen.

Elli streicht Moon sanft über den Hals, nachdem sie sie an der Putzstelle festgebunden hat. »So ist brav.«

»Hallo, meine Schöne«, begrüße ich Moon. Sie schnaubt und dreht ihre Ohren in meine Richtung. Das ist ein Zeichen dafür, dass ich ihre volle Aufmerksamkeit habe. Ich kraule sie dahinter und flüstere: »Bitte sei lieb. Ich bin schon lange nicht mehr geritten. Aber jetzt machen wir dich erst mal richtig schön sauber.«

»Was flüstert ihr zwei denn da?«, fragt Elli und lacht.

»Pferdegeflüster«, sage ich und beginne den groben Dreck von Moons Fell zu entfernen. »Sag mal, Elli, wo kommt Moon eigentlich her?«

»Das ist eine gute Frage, so genau wissen wir das nämlich nicht. Wir haben sie von einem jungen Mädchen übernommen, die völlig überfordert mit ihr war. Moon hat sie einfach nicht an sich rangelassen. Vorher gehörte Moon einer alten Dame. Warum sie die Stute abgegeben hat, weiß ich allerdings nicht. Vermutlich war es ihr in ihrem Alter zu viel. Es ist aber sicher, dass Moon mal ein Reitpferd war.«

»Okay, das sind ja nicht die schlechtesten Voraussetzungen«, sage ich.

»Wenn es nicht so wäre, würde ich dich auf keinen Fall auf ihr reiten lassen, Tara.«

Nachdem wir uns ausgiebig Moons Fell, dem Schweif, der Mähne und ihren Hufen gewidmet haben, verschwindet Elli erneut in der Sattelkammer und kommt kurz darauf mit einem schwarzen Sattel und einem Sidepull, einem gebisslosen Zaumzeug, zurück.

Ich streiche über das Leder. »Wow! Ist der schön.« Selten habe ich einen so gut verarbeiteten Sattel gesehen. Er fühlt sich toll an, die angenähte Satteldecke ist dunkelblau, bestickt mit lauter kleinen silberfarbenen Monden.

Elli grinst. »Ja, nicht wahr? Der Sattel wurde wohl extra für Moon angefertigt. Möchtest du aufsatteln?«

Ich nicke und hebe ihn behutsam über den Widerrist, die Erhöhung, wo der Hals in den Rücken übergeht. Ich ziehe ihn ein Stückchen zurück und achte ganz besonders darauf, dass der Sattel bequem sitzt und die Satteldecke glatt liegt und keine Falten wirft. Ich verschnalle den Gurt und überprüfe noch einmal, ob alles richtig fest ist. Nachgurten muss ich bestimmt noch einmal. Pferde blasen sich oft auf, wenn sie gesattelt werden, hat unsere Trainerin uns erklärt, das mögen sie nämlich gar nicht so gern. Möglich, dass der Sattel dann eigentlich viel zu locker sitzt, und das kann richtig gefährlich werden.

Nachdem Elli Moon behutsam das Sidepull angelegt hat, sieht sie mich an und sagt: »Na, dann mal los, Tara!«

Ich führe Moon auf den Sandplatz und schließe das Gatter hinter uns. Unsicher schaue ich Elli an. Ich merke, dass meine Hände anfangen zu schwitzen. Bilder schießen mir in den Kopf. Ich muss an Maja denken und den schrecklichen Moment, als sie schreiend auf dem Boden lag, unter Bounty. Als würde Moon mir meine Nervosität nehmen wollen, stupst sie mich vorsichtig an und schnaubt leise. So, als würde sie mir sagen wollen: *Hey, es ist alles okay, du kannst mir vertrauen.*

Und ich vertraue Moon, das weiß ich gerade ganz deutlich. Sanft streichle ich über ihre Blesse und flüstere: »Danke!«

»Ich glaube, da freut sich jemand auf dich, Tara«, sagt Elli. »Moon scheint dich wirklich zu mögen, Ina hatte recht.«

Ich lächle und zeige auf einen kleinen Hocker, der am Rand des Platzes steht. »Kann ich den zum Aufsteigen nehmen?«

Elli nickt. »Ich werde euch einfach erst mal machen lassen. Schau, wie es sich für dich und Moon anfühlt. Du wirst am besten spüren können, was okay für euch ist und was nicht. Und solltest du was brauchen oder abbrechen wollen, bin ich sofort da.«

Ellis Vertrauen und ihre Nähe geben mir Sicherheit. Dennoch sollte ich ihr die Wahrheit sagen. »Du, Elli, ich muss dir noch etwas gestehen. Ich bin schon seit …«

»Ich weiß, Tara. Mach dir keine Sorgen. Ich habe schon mit deiner Mutter gesprochen, sie hat mir erzählt, was passiert ist. Danke, dass du so ehrlich bist. Aber es ist alles gut. Ich bin mir sicher, dass du das wunderbar machen wirst. Reiten verlernt man nicht, und ihr beide scheint wie füreinander gemacht. Und wie gesagt, ich bin hier, ich lasse euch nicht aus den Augen.«

Kurz darauf ist es so weit, ich kann es kaum glauben! Ich sitze wieder auf einem Pferderücken. Ich fühle mich etwas unsicher, Angst habe ich aber keine mehr. Sie ist wie weggeblasen, und damit habe ich wirklich nicht gerechnet. Ich gurte nach, rutsche ein bisschen auf dem Sattel hin und her, um den für mich passenden Sitz zu finden. Ich schaue zu Elli, sie nickt mir kurz zu. Ich lehne mich ein Stück nach vorne.

»Dann lass uns mal loslegen«, flüstere ich Moon zu und treibe sie ein wenig an. Und dann … Dann reite ich einige Runden mit ihr in Schritt und Trab um den großen Sandplatz. Es ist, als hätte ich nie aufgehört zu reiten. Alle Bewegungen, Gesten und Kommandos sind einfach da, als wäre es das Natürlichste auf der ganzen Welt. Und Moon … Moon scheint mich zu verstehen, es ist unglaublich. Als würde sie wissen, was ich möchte, noch bevor ich überhaupt ein Kommando gebe. Wir sprechen dieselbe Sprache. Und ich möchte mehr hiervon. Ob ich wirklich soll? Mein Herz beginnt schneller zu schlagen. Aber nicht vor

Angst, das hier ist Freude. Spaß. Glück. Ich treibe Moon weiter an und spüre, dass auch sie voranwill. Und dann, plötzlich, ist es einfach wunderschön. Moon galoppiert an, und wir werden eins. Eins in unseren Bewegungen, in unseren Gefühlen. Wie auf Knopfdruck verschwinden all meine anderen Gedanken. Ich fliege, wir fliegen. Eine Träne läuft über meine Wange, sofort wird sie vom Wind aufgenommen und davongetragen. Ich habe es so vermisst.

12.

Filmreif

Liebevoll wuschele ich Moon durch die Mähne. Ich lasse mich nach vorne sinken und umarme sanft ihren Hals. Die graue Stute läuft vorsichtig durch einen glasklaren Bach. Hierhin sind wir vorher noch nie ausgeritten. Kleine Fische flitzen zwischen den bunten Kieseln hindurch und verstecken sich in den Gräsern, die vom Uferrand ins Wasser ragen. Ich schließe die Augen und atme tief ein. Niemals hätte ich gedacht, dass ich mich jemals wieder so fühlen würde: sicherer auf einem Pferderücken als auf meinen eigenen Beinen. Mein erster Ritt ist jetzt ein paar Tage her. Seitdem hatte ich einige Reitstunden mit Elli und bin mit Ina und Moon ausgeritten. Heute sind wir zum ersten Mal allein unterwegs. Runter vom Gnadenhof, rein in die Natur. Da sind wir am liebsten – Moon und ich. In den dichten Wäldern, die so wunderbar nach Holz riechen. Auf den Wiesen, die so voll mit Blumen sind, dass man kaum einen Grashalm sehen kann. Moon liebt es, wie der Wind durch die weiten Felder, die uns fast grenzenlos erscheinen, dem Horizont entgegenzugaloppieren. Jeden Abend, wenn ich im Bett liege, träume ich vom nächsten Tag und überlege, wohin wir überall reiten könnten. Moons Fell leuchtet immer noch. Jede Nacht, aber nur bei Mondschein. Hängen die Wolken zu dicht am Himmel, ist alles wie am Tag. Ich habe immer noch keinen blassen Schimmer, was es damit auf sich hat. Ich hoffe sehr, Maja hat eine Idee. Nicht mehr lange und meine beste Freundin ist endlich hier bei mir auf dem Resthof. Schon übermorgen ist sie da. Wir zählen sogar die Stunden zusammen runter, wenn wir telefonieren. Mir geht es so gut wie schon lange nicht mehr!

Ich muss kichern, als Moon etwas fester auftritt und mich ein paar Spritzer des kalten Wassers an den Füßen erwischen. Meine Stiefel habe ich heute in der Sattelkammer gelassen, genau wie Moons Sattel. So fühlen wir uns am wohlsten. Ich schmiege mein Gesicht an den warmen Pferdekörper und spüre jede ihrer Bewegungen. Moon beobachtet aufmerksam die Umgebung. Sie schaut den Libellen hinterher, die aufgeregt durch die Luft sausen. Lauscht den Vögeln, die fröhlich zwitschern, und erschrickt jedes Mal ein bisschen, wenn ein kleiner Frosch mit einem großen Satz vom Rande des Baches ins Wasser springt. Ich richte mich auf und halte mich an ihr fest, als sie plötzlich aus dem Bach steigt und zielstrebig in eine ganz bestimmte Richtung läuft.

»Hey, wo willst du denn hin?«, frage ich und versuche Moon in eine andere Richtung abzudrehen. Doch sie reagiert nicht, ich habe keine Chance. Komisch, so hat sie sich noch nie verhalten. Ob es daran liegt, dass wir allein sind? Moon galoppiert los, und ich kann nichts dagegen tun. Ich klammere mich an ihr fest und schlucke. Was ist bloß los mit ihr? Vielleicht hätte ich doch noch nicht allein ausreiten sollen. »Moon, hör auf damit!«, rufe ich.

Doch Moon denkt gar nicht daran. In Windeseile prescht sie über das offene Feld und wird erst am Rand eines kleinen Waldstücks langsamer. Moon bahnt sich ihren Weg zwischen hochgewachsenen Birken, dornigen Büschen und Sträuchern hindurch. Erst als wir an einer herrschaftlich aussehenden Residenz für Seniorinnen und Senioren ankommen, bleibt sie stehen. Ich schnaufe kurz durch und reibe mir meine schweißnassen Hände an der Hose trocken. Was will Moon hier bloß? Ich schaue mich um. Auf der Wiese vor der Residenz steht eine Frau. Sie ist schlank, barfuß, hat lange graue Haare und trägt ein weißes Kleid. Sie sieht direkt zu uns. Moon schnaubt sanft und geht vorsichtig auf die alte Dame zu.

»Hallo, meine Freundin«, sagt die Frau und legt behutsam ihre Hand auf Moons Blesse. »Ich habe gespürt, dass du kommen wirst. Und du hast jemanden mitgebracht. Das ist aber eine schöne Überraschung.« Jetzt schenkt sie mir ein Lächeln.

Ich schaue zwischen Moon und der alten Dame hin und her. Hat sie gerade Freundin gesagt? Es hat mir glatt die Sprache verschlagen. Unbeholfen stammle ich: »Ähm, hallo, ich bin Tara.«

»Tara, schön, dich kennenzulernen. Ich bin Kalinda.«

»Ja, freut mich auch. Und es tut mir wirklich leid, dass

wir Sie hier stören. Aber mein Pferd … Es …« Was soll ich ihr bitte erzählen? Dass ich mein Pferd nicht unter Kontrolle habe und es mit mir ausreitet?

Die alte Frau strahlt eine Ruhe aus, die ich so noch nie bei jemandem gesehen habe. »Ist schon gut, du brauchst es mir nicht zu erklären. Ich kenne Moon schon eine Ewigkeit, weißt du.«

Liebevoll knabbert Moon an Kalindas Ärmel. Das ist ungewöhnlich. So verhalten sich Pferde eigentlich nur, wenn sie sehr vertraut mit jemandem sind. Irgendetwas ist hier wirklich seltsam. Die ganze Situation. Nein, die ganzen letzten Tage sind definitiv filmreif, es kann doch kaum noch verrückter werden. Wenn man mir vor ein paar Wochen erzählt hätte, dass ich wieder reiten werde, und das auch noch auf einem eigenwilligen, im Mondlicht leuchtenden Pferd, ich hätte die Person für verrückt erklärt.

»Weißt du, Moon ist ein ganz besonderes Pferd«, beginnt Kalinda zu erzählen. »Vor sechzig Jahren, als ich vermutlich ungefähr so alt war wie du, waren Pferde mein Leben. Ich verbrachte jede Minute im Stall, meine Eltern hatten einen Hof, musst du wissen. Und plötzlich war Moon da. Sie war wie aus dem Nichts aufgetaucht. Erst wusste ich nicht, warum und woher sie kam. Aber ich verrate dir: Moon kommt immer aus bestimmten Gründen zu Menschen wie dir und mir.«

»Moment, das kann nicht sein«, unterbreche ich die Frau. »Pferde können höchstens dreißig Jahre alt werden. Vielleicht gibt es ein paar Ausnahmen, aber sechzig? Das ist unmöglich.«

»Moon ist kein gewöhnliches Pferd, liebe Tara. Ist es dir noch nicht aufgefallen? Moon ist ganz bewusst zu dir gekommen. Sie hat eine Aufgabe für dich. Ich habe damals lange gebraucht, um es zu verstehen, und dann war es fast zu spät. Mach nicht dieselben Fehler wie ich. Ignoriere nicht die Zeichen.«

Okay. Jetzt wird es aber doch ganz schön spooky. Ein sechzig Jahre altes Pferd? Aber die Dame kennt Moons Namen, und die beiden scheinen sich wirklich zu verstehen. Moon schnaubt leise, als die Frau ihr über den Hals streichelt. Und dass Moon besonders ist, weiß ich nur zu gut. Welches Pferd schimmert schon im Mondlicht …

Da kommt plötzlich eine andere Frau über das Gelände auf uns zugerannt. »Kalinda!«, ruft sie. »Alles in Ordnung?«

Moon tippelt unruhig hin und her.

»Ich glaube, sie will weiter«, sage ich.

Kalinda lacht. »Ja, so ist sie. Unsere liebe Moon hat ihren eigenen Kopf. Besuch mich bald wieder, ja?«.

Ohne eine Antwort abzuwarten, dreht Kalinda sich um und verschwindet durch das Tor zurück in die Seniorenresidenz.

Ich schließe die Tür zu Moons Box und streiche ihr noch einmal sanft über den Hals. Die alte Dame geht mir nicht mehr aus dem Kopf. Irgendwie kam sie mir bekannt vor. Sie erinnert mich an jemanden, aber ich komme einfach nicht darauf, an wen. Und warum wollte Moon unbedingt zu ihr? Ob sie vielleicht die Besitzerin vor dem jungen Mädchen war, von dem Elli erzählt hat? Es könnte sein, dass sie einfach ein bisschen mit den Jahren durcheinandergekommen ist. So wie meine Uroma damals. Sie hat auch ständig in der Vergangenheit gelebt. Einmal hat sie den ganzen Tag nach ihrem rot geblümten Kleid gesucht, das sie getragen hat, als sie mit meinem Uropa mal tanzen war. Aber damals war sie zwanzig, und das Kleid hatte sie längst nicht mehr. Ja, so wird es sein. Meine Uroma ist damals auch in ein Seniorenheim gezogen, und wenn ich sie besucht habe, hat sie mich manchmal mit ihrer Freundin von früher verwechselt. Vielleicht erinnert mich Kalinda an Uroma? Weil sie auch etwas verwirrt scheint. Die Sache mit der besonderen Aufgabe kann ich mir allerdings absolut nicht erklären. Eine Aufgabe nur für mich … Und Moons schimmerndes Fell, das nur ich sehe. Was, wenn Kalinda recht hat? So verrückt, wie es sich anhört, irgendwas in mir sagt mir, dass da was dran ist. Und ich muss unbedingt herausfinden, was.

✦

Am nächsten Tag reißt mich mal wieder der Wecker aus dem Schlaf. Es ist sechs Uhr. Mittlerweile ist das frühe Aufstehen schon zur Normalität geworden. Ich gehe ins Badezimmer, mache mich fertig und setze mich zu Mama an den Frühstückstisch.

»Guten Morgen, Tara«, sagt sie und drückt mir einen Kuss auf die Stirn. »Schön, dass wir uns zumindest morgens sehen. Sonst vergesse ich noch, wie meine Tochter aussieht.«

»Mama!«, sage ich und lache.

»Ist doch nur Spaß. Ich finde es sehr schön, dass du so viel Zeit auf dem Hof verbringst. Aber sag mal, wann genau kommt Maja eigentlich?«, fragt Mama.

»Morgen Vormittag um elf. Ihre Eltern setzen sie hier ab und fahren dann weiter.«

»Gut, dann gehe ich später mal ein bisschen einkaufen. Soll ich euch etwas Bestimmtes mitbringen? Vielleicht eine Flasche Saft-Erdbeerbowle? Die trinkt ihr doch so gerne.«

»O ja, das ist eine tolle Idee. Danke, Mama. Aber soll ich nicht mitkommen?«, frage ich, während ich meinen Toast verputze.

»Nein, das musst du nicht, ich erledige das schon allein, Schatz«, sagt Mama und streckt mir meinen Reithelm und eine Flasche Wasser entgegen. »Und jetzt ab mit dir, sonst kommst du zu spät.«

»Ist gut, danke, Mama!« Eilig mache ich mich auf den Weg zum Gnadenhof.

✦

Der Arbeitstag vergeht heute wie im Flug. Wir haben die Pferdeställe ausgemistet, die Äppel von der Koppel gesammelt und anschließend die Putzboxen gereinigt. Und jetzt, jetzt freue ich mich wie verrückt auf Moon, so wie die letzten Tage. Als ich auf sie zugehe, um sie zum Putzen abzuholen, schnaubt sie ein paarmal freudig. Die armen Pferde stehen heute schon den ganzen Tag im Stall. Elli arbeitet am Zaun der Koppel.

»He, du«, sage ich, öffne die Box und kraule sie sanft hinter den Ohren. »Kommst du mit?«

Das lässt Moon sich nicht zweimal sagen. Sie trottet durch den Stall hinter mir her und bleibt am Putzplatz stehen.

Eigentlich schenke ich der Fellpflege immer besonders viel Aufmerksamkeit. Aber vorhin kam mir eine Idee. Daher muss es ausnahmsweise mal schnell gehen. Ich kümmere mich nur um das Gröbste und verspreche Moon, ihr Fell beim nächsten Mal besonders ausgiebig zu pflegen.

»Heute haben wir etwas Wichtiges zu erledigen«, flüstere ich ihr ins Ohr.

Moon hat dich auserwählt

»Dann schauen wir mal, was es mit der alten Dame wirklich auf sich hat«, sage ich, steige auf Moons Rücken und reite langsam durch das Tor des Hofes, direkt auf das dahinter liegende Feld zu.

Im Galopp reiten wir durch die Felder, immer geradeaus, den Wind im Rücken. Moon kennt den Weg zu Kalinda ganz genau und drängt regelrecht dorthin. Auch ich bin in Gedanken bereits ganz bei der alten Dame. Wir preschen immer weiter, ich fühle mich fast wie ein Vogel, so frei. Doch plötzlich nehme ich einen Schatten im Augenwinkel wahr. Kurz darauf wird der Schatten zu einem wunderschönen schwarzen Pferd. Es hat eine unglaublich lange, gewellte Mähne. Es ist muskulös, und sein Fell glänzt fast so schön wie das von Moon. Erst dann erkenne ich die Reiterin: Auf seinem Rücken sitzt Celina und winkt mir zu. Sie sind schnell. Verdammt schnell sogar. Die beiden sind an uns vorbeigezogen und bereits eine ganze Nasenlänge voraus. Na, da wollen wir doch mal sehen, ob wir mithalten können. Ich treibe Moon noch ein bisschen weiter an, und wir schaffen es, noch etwas aufzuschließen. Moon will die beiden genauso sehr einholen wie ich, wie ein Pfeil schießt sie hinter ihnen her. Celina schaut kurz über die Schulter zu uns. Sie grinst und gewinnt sogar noch mehr an Geschwindigkeit. Moon versucht mitzuhalten, ich merke jedoch, dass sie deutlich an ihre Grenzen geht. Und vielleicht sogar ein bisschen darüber hinaus. Behutsam signalisiere ich ihr, dass sie langsamer werden soll. Auch Celina lässt sich zurückfallen und nimmt immer mehr Tempo raus, bis wir schließlich ganz stehen bleiben.

»Habe ich doch richtig gesehen … Hi, Tara«, grüßt Celina und winkt mir zu.

»Hi.« Ich schnaufe wie Moon. »Das war ganz schön anstrengend!«

Celina wischt sich mit ihrem Handrücken über die Stirn. »Ja, oder? Die Leute vergessen immer, dass Reiten verdammt viel Ausdauer von Mensch und Tier erfordert. Es ist eben eine richtige Sportart.«

»Und wie. Alle, die etwas anderes sagen, sind noch nie geritten. Zumindest nicht so …« Ich muss lachen. »Schön, dass wir uns sehen.«

»Das finde ich auch. Aber ehrlich gesagt habe ich schon damit gerechnet, als du mir erzählt hast, wo du herkommst«, erklärt Celina.

»Echt?«

»Ja, wir wohnen in der Nähe. Ich reite oft hier lang.«

»Ihr wart echt schnell, Respekt.«

Celina strahlt bis über beide Ohren. »Danke! Wir trainieren schon richtig lange. Wir wollen bald an Wettkämpfen teilnehmen. Ach, das ist übrigens Denver.« Sie streichelt dem anmutigen Pferd sanft über die Mähne, in die sie lauter kleine Zöpfe geflochten hat.

»Hallo, Denver«, sage ich. »Ist es deiner? Er ist sehr schön.«

Celina nickt. »Ja, seit fast drei Jahren. Ich habe ihn von meinem Papa zum Geburtstag geschenkt bekommen.«

»Oh, das ist ja cool«, sage ich. Ein eigenes Pferd zum Geburtstag, davon träume ich schon seit der ersten Klasse. Aber das konnten wir uns einfach nicht leisten. Dafür habe ich Reitstunden geschenkt bekommen, Stiefel, Klamotten, alles, was man sonst so braucht. Das war auch schön.

»Hast du Lust, noch ein bisschen auszureiten, Tara? Hier in der Nähe gibt es einen sehr schönen Bach, da könnten wir unsere Füße ins Wasser halten und unsere Pferde etwas trinken lassen«, schlägt Celina vor.

Ob sie den Bach meint, den Moon und ich gestern entdeckt haben? »Ich würde gerne, aber ich habe heute leider keine Zeit. Wie wäre es die nächsten Tage? Wir könnten Nummern austauschen. Wobei … Ich habe mein Handy nicht dabei, so ein Pferdemist!«

»Ach, das macht nichts. Ich wohne auf dem Hof Rosenthel. Er liegt gleich hier vorne am anderen Ende des Feldes. Wenn du Lust hast, komm demnächst einfach mal vorbei. Am besten so kurz nach eins, da bin ich immer da. Um halb gibt es bei uns Essen, ich muss pünktlich sein, sonst bekomme ich Ärger.«

»Okay, das mache ich«, sage ich.

»Bis bald, Tara!« Sie reitet mit Denver davon.

Ich schaue ihr noch einen Moment nach. Celina sieht super auf Denvers Rücken aus. Die beiden passen perfekt zusammen. Ina und Finn fallen mir wieder ein. Angeblich sei Celina nicht wirklich nett. Aber ich mag sie irgendwie und freue mich darauf, sie am Hof Rosenthel zu besuchen.

Mit einem auffordernden Schnauben holt Moon mich aus meinen Gedanken. »Ist ja gut, jetzt geht es wirklich zu Kalinda«, sage ich und drücke sanft meine Beine gegen ihren Körper.

✦

Als ich durch das kleine Waldstück reite, sehe ich Kalinda schon von Weitem vor dem Tor der Residenz stehen. Sie wartet tatsächlich auf uns. Sie wusste, dass wir kommen. Ihre grauen Haare wehen im Wind. Ihr weißes Kleid fällt fließend herab. Sie sieht elegant aus, anmutig, fast wie eine Königin. Ich steige von Moons Rücken und laufe neben ihr auf Kalinda zu.

Sie lächelt uns zu. »Hallo, Tara, wie schön, dass du zurückgekommen bist«, sagt sie, dann wendet sie sich Moon zu und begrüßt sie innig. Sie krault sie hinter den Ohren und erwischt genau die Stelle, an der Moon es am liebsten mag. Dann sieht sie zu mir. »Hallo, meine Liebe. Schön, dass du da bist.«

»Hallo, Kalinda, ja, ich habe gehofft, dich zu treffen. Ich wollte dich nämlich was fragen.«

Kalinda lächelt. »Da vorne ist ein nettes Plätzchen, dort können wir uns in Ruhe unterhalten.«

Unter einer großen Trauerweide steht eine weiße Bank. Sie ist aus Metall, mit vielen Schnörkeleien, und erinnert mich an den letzten Urlaub in Frankreich mit Mama und Papa, als wir noch eine Familie waren. Kalinda setzt sich und deutet mit einer Handbewegung an, dass ich neben ihr Platz nehmen soll.

»Weißt du, Tara«, beginnt Kalinda. »Ich kann mir sehr gut vorstellen, dass unsere Begegnung gestern überfordernd für dich gewesen sein muss.«

Ich nicke, beschließe aber, sie erst einmal erzählen zu lassen.

»Alles, was ich gesagt habe, entspricht der Wahrheit. Moon war bereits vor sechzig Jahren an meiner Seite. Und ja, ich weiß, dass Pferde dieses Alter in der Regel nicht erreichen können. Moon ist aber nicht wie andere Pferde.« Kalinda holt einen kleinen Packen Schwarz-Weiß-Fotos, die mit einem seidenen Band zusammengehalten werden, aus der Tasche ihres Kleides. »Hier, schau sie dir bitte an.«

Die Fotos zeigen Kalinda. Zumindest glaube ich, dass sie das ist. Sie sind schon einige Jahre alt, Kalinda ist noch eine junge Frau. Aber ihr Gesicht, ihre Haltung, ja, das muss sie sein. Auf dem ersten Foto sitzt Kalinda auf einer Schaukel, die an einem Baum befestigt wurde. Im Hintergrund erkenne ich Pferde und einen Zaun. Wahrscheinlich der Hof ihrer Eltern. Auf dem nächsten kniet Kalinda auf einer Picknickdecke inmitten einer wunderschönen Blumenwiese und streckt die Hand nach einem Pferd aus. Ich kneife die Augen ein wenig zusammen. Dieses Pferd sieht aus wie Moon. Ich erkenne den kleinen Mond und die vielen Tupfer drumherum. So eine Blesse habe ich vorher noch nie gesehen. Nein, das kann kein Zufall sein, oder? Schnell blättere ich durch die anderen Fotos. Jedes einzelne zeigt Moon und Kalinda. Das muss ein Scherz sein. Moon kann nicht so alt sein. Niemals über sechzig Jahre.

Doch gerade als ich anfangen möchte zu protestieren, stellt Kalinda mir die Frage, die ich mir selbst nicht erklären kann: »Konntest du in letzter Zeit etwas Ungewöhnliches in der Nacht feststellen? Wenn es dunkel ist und der Mond zu leuchten begonnen hat?«

Ich nicke vorsichtig.

»Gut, ich frage dich jetzt ganz direkt. Schimmert Moons Fell im Mondlicht?«

Mit einem Mal schnürt sich mir die Kehle zu. Das kann doch nicht sein. Sollte das, was Kalinda erzählt, wirklich stimmen?

»Tara, kannst du Moons Fell im Mondlicht leuchten sehen? Sei bitte ehrlich.«

»Ja, kann ich … Aber ich dachte, dass ich mir das nur einbilde. Oder vielleicht, dass es eine logische Erklärung dafür geben könnte.«

Kalinda lächelt mich an und legt eine Hand auf meine Schulter. Sie fühlt sich zart und kalt an, beruhigt mich jedoch. »Die gibt es, Tara! Moon hat dich auserwählt. Du, ihr, ihr habt eine Aufgabe, die ihr gemeinsam erfüllen müsst.«

»Eine Aufgabe?«, frage ich und ziehe eine Augenbraue hoch. Davon hat Kalinda gestern schon gesprochen, aber was soll das bitte für eine Aufgabe sein?

»Ja. Ich kann dir nicht sagen, was es ist. Nur, dass sie wichtig sein muss. Moon wäre nicht zu dir gekommen, wenn es nicht so wäre.«

Mir wird abwechselnd heiß und kalt. Obwohl sich alles nach einer gut ausgedachten Geschichte anhört und mein Verstand mir sagt, dass das unmöglich stimmen kann, ist mein Herz anderer Meinung. Irgendwie glaube ich Kalinda. »Und wie soll ich wissen, was es ist?«, frage ich.

»Das musst du selbst herausfinden. Sei aufmerksam, und du wirst es sehen.«

Wortlos gebe ich Kalinda die Fotos zurück und schaue zu Moon. Die Stute blinzelt und schnaubt. Ich stehe auf, lege meine Hand auf ihre Blesse und schließe die Augen. »Warum bist du bei mir?«, frage ich.

Zurück auf dem Gnadenhof reibe ich Moons Fell mit etwas Stroh ab und bringe sie zurück in ihre Box. »Bis morgen«, flüstere ich und setze mich noch einen Moment auf die Bank vor dem Stall. Wenn ich Maja von dem erzähle, was mir eben passiert ist, dreht sie bestimmt völlig durch. Sie wird begeistert sein und unbedingt rausfinden wollen, welche Aufgabe ich habe. Ich kann es kaum erwarten, bis sie morgen endlich hier ist.

Nach dem Abendessen räume ich mein Zimmer auf und baue ein Schlaflager für Maja und mich. Mama hat mir eine Matratze aus dem Keller geholt. Ich lege die aus meinem Bett daneben und polstere sie mit vielen bunten Kissen,

Decken und Kuscheltieren aus. So haben wir es schon immer gemacht, wenn wir beieinander übernachtet haben. Es wird so werden wie früher.

✦

Mitten in der Nacht werde ich von dem Geräusch geweckt, das mir mittlerweile überhaupt nicht mehr fremd ist. Im Gegenteil. Ist es mal eine Nacht nicht da, mach ich mir schon fast Sorgen. Das magische Surren liegt wieder in der Luft. Ich reibe mir den Schlaf aus den Augen und schaue aus dem Fenster. Ein schimmerndes silberfarbenes Licht strömt aus dem Pferdestall. Es pulsiert, und wie immer hat es eine unglaublich anziehende Wirkung auf mich. Als ich mich in das Matratzenlager lege, wird mir eins klar. Es fällt mir wie Schuppen von den Augen. Die Aufgabe, die Moon für mich hat, liegt auf der Hand. Es muss um Maja gehen! Ich soll helfen, ihre große Leidenschaft wiederzuerwecken. Welche Aufgabe sollte ein Pferd sonst für einen haben? Maja muss wieder reiten!

14.

Maja kommt!

Ich sitze auf den Stufen zu unserer Wohnscheune und kicke kleine Steinchen, die ich gerade so mit meinen Zehenspitzen erwischen kann, über den Weg. Es ist mittlerweile Viertel nach zwölf. Maja und ihre Eltern wollten eigentlich um elf Uhr hier sein. Seit ich wach bin, tigere ich ungeduldig hin und her. Ich kann Warten wirklich nicht leiden. Elli hat mir freigegeben, damit ich Zeit für Maja habe. Aber das bedeutet, dass Moon mich nicht mal ablenken kann. Heute Morgen habe ich Mama ein bisschen im Garten geholfen, aber viel habe ich nicht gebacken bekommen. Langsam beginnen mich die Nachrichten, dass sie schon wieder im Stau stehen, zu nerven. Ich stütze meine Ellenbogen auf den Knien ab und lasse mein Kinn in meine Hände sinken. »Hmpf!«, mache ich und puste mir eine Haarsträhne aus dem Gesicht.

»Stehen die Preusches immer noch im Stau?«, fragt Mama und setzt sich zu mir auf die Treppe.

Ich nicke. »Ja, das ist echt richtig doof!«

»Sie werden bestimmt bald ankommen, Schatz«, sagt Mama und streicht mir über den Arm. »Willst du dich zu mir auf die Terrasse setzen? Ich habe Zitronenlimonade gemacht. Wenn sie ankommen, werden wir das schon mitbekommen, keine Sorge, Tara.«

»Na gut«, sage ich und gehe mit Mama in den Garten. Bevor ich mich in einen der gemütlichen Holzstühle fallen lasse, werfe ich noch einen letzten prüfenden Blick auf mein Handy. Genau in dem Moment ploppt eine Nachricht von Maja auf. Endlich!

Sind gleich da

Ich mach auf dem Absatz kehrt und stürme raus auf die Hofauffahrt. »Maja kommt!«, rufe ich meiner Mutter noch zu.

Kurz darauf hält der Wagen der Familie meiner besten Freundin direkt vor unserer Haustür.

Maja springt aus dem Auto und rennt auf mich zu. »Tara!«, quietscht sie.

Ich schließe meine beste Freundin in die Arme. »Du bist da!«, rufe ich. »Ich freue mich so!«

»Du siehst gut aus!«, sagt Maja, als wir uns nach einer gefühlten Ewigkeit voneinander lösen. Sie grinst mich an. »Die Landluft steht dir.«

»Ist klar«, sage ich und lache. »Du siehst selber gut aus!«

»Hallo, Tara«, begrüßt Majas Papa mich.

»Hallo, Thomas, hallo, Anne!«

»Ihr beiden tut ja so, als hättet ihr euch seit Jahren nicht gesehen«, sagt Majas Mama und lacht.

»So fühlt es sich auch an«, antwortet Maja.

Und das kann ich nur bestätigen. »Als wäre es Jahre her!«

»Thomas, Anne, wollt ihr noch ein bisschen reinkommen?«, fragt Mama.

Anne schüttelt den Kopf. »Das ist nett, danke, aber wir müssen unbedingt weiter. Der Stau hat unseren ganzen Zeitplan durcheinandergebracht. Schön, dass Maja die Woche bei euch bleiben darf.«

»Das ist doch selbstverständlich«, gibt Mama zurück.

»So, ihr zwei, ihr habt euch bestimmt viel zu erzählen«, sagt Mama, nachdem wir uns von Majas Eltern verabschiedet haben. »Ich bin im Garten, falls ihr etwas braucht …«

»Tara, du musst mir unbedingt alles zeigen!«, meint Maja. »Ich bin richtig neugierig, ich will doch wissen, wo meine beste Freundin sich so rumtreibt.«

»Na, dann komm mal mit.« Ich zeige Maja das Gelände des alten Resthofes und Barbaras Haus. Danach gehen wir über den Garten in unsere Wohnscheune.

»Boah, es ist echt riesig hier«, sagt Maja und schaut sich im Wohnzimmer um.

»Ja, stimmt. Aber das Beste hast du noch gar nicht gesehen. Komm mit«, sage ich und gehe die Treppen hinauf. Vor der Tür zu meinem Zimmer bleiben wir stehen. »Tadaa«, mache ich und öffne sie.

»Muah! Wie cool ist das denn? Voll gemütlich! Und yay, ein Matratzenlager!« Prompt lässt Maja sich in das Meer aus Kuschelkissen fallen.

Ich lege mich daneben und schaue an die Decke. Von einem der Balken baumelt ein kleiner Stern an einem durchsichtigen Band. Ich habe ihn heute Morgen noch darangebunden. Maja hat ihn mir zu meinem letzten Geburtstag geschenkt. »Guck mal«, sage ich und zeige darauf.

»Wie cool, du hast ihn echt aufgehängt. Das finde ich richtig schön!«

»Na klar«, sage ich.

Maja dreht sich auf den Bauch und schaut mich an. »Gibt es eigentlich etwas Neues von Moon?«

»Und ob! Du kannst dir nicht vorstellen, was für einen verrückten Tag ich gestern hatte. Eigentlich ist mein ganzes Leben total verrückt, seit ich hier bin …«

»Schieß los!«

Ich erzähle Maja von meinen Ausflügen mit Moon, von ihrem eigenen Kopf und davon, dass ich ihr Fell immer noch leuchten sehe. Und natürlich erzähle ich ihr von Kalinda und der Sache mit der Aufgabe. Nur eine Sache verschweige ich ihr: Ich sage Maja nicht, dass ich glaube, dass sie diese Aufgabe ist.

»Ist ja irre! Und du glaubst Kalinda ihre Geschichte wirklich?«

Ich nicke. »Irgendwie schon. Das Pferd auf den Fotos … Das muss Moon gewesen sein, so eine Blesse kann es kein zweites Mal geben.«

»Hast du denn sonst schon mit jemandem darüber geredet? Vielleicht mit deiner Mutter?«

»Nein, und ich glaube auch nicht, dass das eine gute Idee wäre. Mama würde nur denken, ich spiele ihr einen Streich ...«

Maja zwirbelt eine Strähne ihrer braunen Locken zwischen ihren Fingern hin und her. Das macht sie immer, wenn sie nachdenkt. »Das klingt echt verrückt. Aber weißt du was? Ich bin überzeugt davon, dass es Sachen gibt, die wir nicht direkt verstehen können. Es ist nur so ein Gefühl, aber vielleicht hat das alles einen Sinn. Ich meine auch, dass du hierhergezogen bist. Da ist der Gnadenhof, sie brauchen dich da. Und dann Moon ...« Sie seufzt. »Echt schade, dass ich nicht auch hier wohnen kann. Es ist so schön hier. Ganz ehrlich, Tara, wirklich viel schöner als bei uns in der Stadt.«

»Aber ihr fehlt mir alle so!«, sage ich und greife nach Majas Hand. »Ich brauche nämlich dich. Ich bin so froh, dass ich jetzt nicht mehr allein bin und jemanden habe, mit dem ich über alles reden kann, über schimmernde Stuten zum Beispiel.«

»Bist du nicht«, sagt sie und knufft mich in die Seite. »Und heute Abend lege ich mich auf die Lauer, das ist dir schon klar, oder?«

»Wie meinst du das?«

»Na, ich will natürlich wissen, ob ich Moons Fell auch leuchten sehe.«

Ich nicke. »Darauf bin ich auch richtig gespannt! Irgendwie wäre das schon cool ... Möchtest du Moon vielleicht mal kennenlernen?«

»Das fragst du noch? Unbedingt! Meinst du, wir können einfach zum Stall rübergehen?«

»Klar! Vielleicht sind Ina und Finn auch da, du wirst die beiden mögen.«

»Super. Ich möchte mir nur schnell noch etwas anderes anziehen. Ich fühle mich von der langen Fahrt im warmen Auto richtig unwohl.«

»Ist gut, ich sage Mama schon mal Bescheid.«

Wie immer lässt Maja sich Zeit beim Umziehen. Ich sitze schon eine ganze Weile bei Mama im Garten, als sie endlich dazukommt.

»Wollen wir?«, fragt sie und wirft ihre Haare über ihre Schulter.

»Auf jeden Fall«, sage ich. »Bis später, Mama!«

Maja sieht gut aus. Sah sie schon immer. Aber seitdem ich sie das letzte Mal gesehen habe, hat sie sich verändert. Obwohl es noch gar nicht so lange her ist. Sie ist schon braun gebrannt, trägt ihr Haar zum Mittelscheitel frisiert und hat ein eng geschnittenes schwarzes Shirt an, das ich noch nie an ihr gesehen habe.

✦

Kaum sind wir auf dem Gnadenhof angekommen, steht Ruby vor uns, um uns wild und ausgiebig zu begrüßen.

»Darf ich vorstellen, Ruby. Eine der freundlichsten Hundedamen und miesesten Wachhunde, die ich je kennengelernt habe«, erkläre ich und wuschle ihr durch das Fell.

»Du bist ja süß!«, sagt Maja und kniet sich zu Ruby auf den Boden. »Schade, dass die kleine Lilly noch nicht da ist, ihr würdet euch bestimmt mögen.«

»Kommst du mit, Ruby?«, frage ich und deute mit dem Kopf in Richtung Stall.

Ruby hat direkt verstanden. Sie springt auf und läuft vor. Maja sieht sich mit großen Augen um, ich glaube, ihr gefällt es hier jetzt schon. Vor dem Pferdestall bleiben wir stehen.

»Hmm, riecht das gut!« Maja atmet tief ein und aus.

»Genau so habe ich hier an meinem ersten Tag auch gestanden«, sage ich und muss lachen. »Wir sind uns zu ähnlich!« Ich öffne das Tor zum Stall. Im Moment ist niemand hier. »Na, dann komm mal mit.«

»Oh, der Stall sieht ja unglaublich aus!« Maja schaut sich staunend um. »Ich kriege richtig Gänsehaut.«

Ich weiß, wie sie sich fühlt, und greife nach ihrer Hand. Den Unfall erwähne ich mit keinem Wort. Stattdessen gehe ich mit ihr zu den beiden Minis. »Schau mal, hier in der ersten Box sind Max und Moritz.«

»Die sind ja goldig! Hallo, ihr zwei.«

»Total goldig, aber auch frech. Nicht wahr, ihr beiden?« Sie schnauben beide gleichzeitig und kommen etwas näher, aber da geht Maja einen Schritt zurück.

»Komm«, sage ich und stelle Maja die anderen vierbeinigen Bewohner des Pferdestalls vor, darauf bedacht, dass es ihr nicht zu viel wird.

Und dann kommen wir endlich zu Moons Box. »Und das, das ist Moon«, sage ich, lächle und halte ihr meine

Hand hin. Sofort geht Moon einen Schritt auf mich zu, schnaubt und drückt ihre Stirn gegen meine Hand. »Hallo, das ist Maja, sie ist meine beste Freundin.«

»Wow! Tara, sie ist wunderschön!«

»Ja, oder? Möchtest du sie vielleicht begrüßen?«

»Ich weiß nicht …«, sagt Maja zögerlich.

»Sie tut dir nichts, versprochen.«

»Okay.« Maja geht langsam auf die Pferdebox zu, stellt sich neben mich und streckt ihre Hand aus, um Moon daran schnuppern zu lassen. Sie lächelt, als Moon leise wiehert und blinzelt.

»Siehst du, sie sagt Hallo. Sie mag dich.«

»Meinst du, ich kann sie mal streicheln?«, fragt Maja, nachdem Moon ausgiebig ihre Hand beschnuppert hat.

»Sie wird es lieben«, antworte ich.

Ich stehe daneben und bin ganz still, lasse Maja Zeit, um sich mit Moon anzufreunden. Moon lässt Majas Streicheleinheiten zu. Sie spürt, dass Maja und ich zusammengehören, da bin ich mir sicher.

Wir bleiben noch eine ganze Weile bei Moon, Maja spricht mit ihr, streichelt sie. Ich gebe ihr den Tipp, Moon hinter den Ohren zu kraulen.

Dann gehen wir wieder raus und setzen uns auf die Bank vor dem Stall.

»Sie ist ein wundervolles Pferd!«, sagt Maja und schaut durch das offene Tor in den Stall hinein. »Ihr habt wirklich Glück, dass ihr euch gefunden habt.«

»Ja, das finde ich auch. Aber ein bisschen seltsam ist das schon alles, meinst du nicht?«

»Jup, so was von!«, sagt Maja und fängt an zu kichern. Einfach so, ohne Grund. Dabei grunzt sie wie ein kleines Schweinchen. Das passiert ihr ab und an mal und hört sich total lustig an.

»Oink, oink«, mache ich. Im nächsten Moment fangen wir beide an, so loszuprusten, dass sich bestimmt selbst die Pferde fragen, ob mit uns noch alles in Ordnung ist.

»Stopp, stopp! Wir müssen aufhören«, sagt Maja und hält sich eine Hand auf den Bauch. »Ich bekomme schon Bauchschmerzen!«

Ich wische mir eine Lachträne aus dem Augenwinkel. »Das habe ich vermisst«, sage ich, als wir uns wieder ein bisschen eingekriegt haben. Einfach so drauflosachen, Spaß haben.

»Ich auch, Tara.«

15.

Magische Kräfte

Meine Freundin seufzt und rutscht ein Stückchen näher über die Bank an mich heran. »Es ist echt schön hier, weißt du das? Ich beneide dich ehrlich gesagt ein bisschen.« Sie sieht mich an. »Aber natürlich gönne ich es dir. Ich bin froh, dass es dir hier so gut geht.«

»Ja, wer hätte das gedacht? Ich war fertig mit den Nerven, als wir hierhergefahren sind. Und dann habe ich auch noch mein Handy verloren. Das hat mir den Rest gegeben.«

»Du musst wirklich lernen, besser auf dein Zeug aufzupassen, Tara«, sagt Maja und klingt wie meine Mutter.

»Fang du auch noch an. Mama hat mir deswegen schon ordentlich Stress gemacht.«

»Na ja«, Maja zuckt mit den Schultern. »Wo sie recht hat, hat sie recht.«

Ich verdrehe die Augen. »Boah, du wieder!«

Sie lacht. »Manchmal bin ich schlimm, oder?«

»Nö«, sage ich. »Nur etwas schräg, aber gerade das mag ich so an dir.« Meine Freundin ist ein bisschen oberlehrerhaft. Sie weiß immer alles besser und ist so schlau, dass sie wirklich meistens recht hat. Außerdem hat sie einen kleinen Ordnungstick. Sie bringt es fertig und räumt mein Zimmer auf, wenn da mal ein paar Sachen rumliegen. Weil es ihren Augen wehtut, wenn sie so etwas sieht, behauptet sie. Ihre Klamotten im Kleiderschrank hat sie nach Farben sortiert und die Bücher in ihrem Bücherregal auch. Wir lesen beide gern, wobei Maja zehnmal so schnell fertig ist wie ich. Keine Ahnung, wie sie das macht. Sie sieht sich eine Seite quasi nur an und schwupp – blättert sie um. Maja ist einfach die coolste, schlauste und beste Freundin der Welt.

»Hab ich dir schon gesagt, wie froh ich bin, dass du meine Freundin bist?«, frage ich.

»Genau zweihunderteinundzwanzigmal«, sagt sie.

Ich schaue sie mit großen Augen an. »Du hast nicht wirklich mitgezählt?«

Sie fängt wieder an zu lachen. »So schräg bin ich auch nicht.«

»Zugetraut hätte ich es dir. Du magst schließlich Zahlen, du Mathe-Freak«, sage ich und schüttle mich gespielt. »Das ist echt bewundernswert.«

»Du kannst dafür aus ein paar Farben wunderschöne Kunstwerke zaubern und aus einem Klumpen Ton tolle Skulpturen. Außerdem kannst du kochen! Und zwar richtig gut. Auch wenn du manchmal so durchgeknallt bist und Schokolade in die Soße rührst oder Zimt. Du bist kreativ. Das bewundere ich an dir. Wenn wir beide ein und dieselbe Person wären, wären wir perfekt«, sagt sie, und im nächsten Moment legt sie ihre Stirn in Falten, was bedeutet, dass nun etwas Wichtiges kommt. »Aber das wäre ja langweilig. Wer will schon perfekt sein? Ein bisschen durchgeknallt sein ist verdammt nah dran an wundervoll.« Sie reibt sich ihren Bauch. »Apropos Kochen und Soße und so. Ich bekomme langsam Hunger.«

»Dann lass uns lieber schnell rübergehen!« Ich weiß genau, dass meine Freundin sehr grantig werden kann, wenn sie nicht schnell was zu essen bekommt – noch so eine kleine Macke von ihr, die ich sehr süß finde. »Der Kühlschrank ist voll mit leckeren Grillsachen, Mama und Tante Barbara warten bestimmt schon auf uns.«

Maja springt sofort auf und grinst wie ein ausgehungertes Honigkuchenpferd. Prompt muss ich wieder lachen.

Dann stemmt sie die Hände in die Hüften und sieht mich mit blitzenden Augen an. »Was ist los, Tara, worauf wartest du noch? Hopp, hopp!«

✦

Tante Barbara, Maja, Mama und ich verbringen einen superschönen Abend miteinander. Wir grillen, quatschen und spielen. Ich darf nur nicht daran denken, dass Maja bloß eine Woche bleibt … Das verpasst mir jetzt schon einen Stich. Die Zeit mit ihr muss ich genießen.

»Ha, gewonnen!«, ruft Barbara und grinst hämisch. »Mich kriegt ihr nicht mehr.«

Es ist bereits die fünfte Runde Kniffeln, in der sie uns abgezockt hat. Gesellschaftsspiele mit Tante Barbara zu spielen ist immer eine kleine Herausforderung. Sie ist keine gute Verliererin, aber eine noch viel schlechtere Gewinnerin. Verliert sie, ist sie beleidigt. Gewinnt sie, reibt sie es uns allen unter die Nase. Es haben eben alle so ihre kleinen Macken. Die eine hat einen Ordnungstick, die andere ist schusselig und verliert ständig etwas, und die Nächste kann schlecht verlieren. Ist wohl normal.

Mama kann das immer nur portionsweise ertragen. »So, mir reicht's für heute. Es wird langsam spät«, sagt sie und beginnt prompt den Tisch abzuräumen. Das ist Mamas Macke, wenn sie genug von etwas hat, hört sie einfach auf.

»Aber …«, fängt Barbara an zu protestieren. »Gerade jetzt, wo ich eine solche Glückssträhne habe.«

»Wir erklären dich hiermit zur Gewinnerin des heutigen Abends«, erwidert meine Mutter. »Du darfst sitzen bleiben und die Beine hochlegen, wir anderen räumen ab und die Spülmaschine ein.«

»In Ordnung.« Barbara lächelt. »Dann trinke ich jetzt in Ruhe ein Glas Bowle und sehe euch zu, wie ihr arbeitet. Viel Spaß euch.«

»Du bist unmöglich, Barbara«, sagt Mama, aber um ihre Augen haben sich viele kleine Lachfältchen gebildet.

Barbara ist Mamas beste Freundin. Die beiden kennen sich schon eine Ewigkeit. Sie sind gemeinsam aufgewachsen und in dieselbe Schule gegangen. Und dann ist Barbara weggezogen, aber die beiden haben sich immer noch regelmäßig gesehen. Ich schaue zu Maja, die gerade gut gelaunt die Teller übereinanderstapelt. Ich bin mir ganz sicher, dass es bei uns auch so sein wird.

Wir helfen schnell, alles in die Küche zu bringen, räumen die Spülmaschine ein und verkrümeln uns anschließend nach oben in mein Zimmer.

Maja legt sich in unser Matratzenlager und schaut zum Balken unter der Decke, an dem der kleine Stern baumelt.

Ich stelle mich ans Fenster und schaue hinaus. »Es wird bald dunkel ...«

»Wird aber auch Zeit, ehrlich gesagt kann ich es kaum noch aushalten. Ich bin so was von gespannt, ob ich das Leuchten auch sehen kann.«

»Und ich erst.« Ich lege mich zu ihr, wir drehen uns beide auf die Seite, sodass wir uns ansehen können – und dann quatschen wir.

Maja erzählt mir den neusten Klatsch aus der Clique. Und ich beschreibe ihr bis ins kleinste Detail, wie sich die ersten Male auf Moons Rücken angefühlt haben. Sie unterbricht mich kein einziges Mal. Auch das mag ich sehr an ihr. Maja kann gut zuhören.

»Ich bin richtig stolz auf dich, Tara. Du bist so mutig«, sagt sie, als ich zu Ende geredet habe. »Du bist mit deiner Mutter hierhergezogen und kanntest niemanden. Ein paar Tage später hast du schon neue Freunde gefunden. Und du reitest wieder. Das ist wirklich richtig cool und mutig von dir! Ich würde auch so gerne wieder reiten ...«

»Was spricht denn dagegen?«, frage ich.

»Ich habe Angst.«

»Aber zusammen könnten wir das doch vielleicht hinbekommen.« Ich lächle Maja an. *Wir müssen sogar* ... Nur so können wir Moons Aufgabe erfüllen.

»Ja, vielleicht …«, antwortet Maja.

»Wir schaffen das, wir beide!«, sage ich.

»Das wäre schön.« Sie dreht sich auf den Rücken. »Nachdem du mir von Moon erzählt hast, muss ich ständig an Bounty denken. Ich würde sie so gern wieder reiten.«

»Irgendwann traust du dich. Da bin ich mir ganz sicher.« Und da höre ich es plötzlich, das Surren. Es hängt in der Luft, fast könnte man denken, dass man danach greifen kann. »Maja, ich glaube, wir können mal aus dem Fenster schauen.« Wir waren so in unser Gespräch versunken, dass wir nicht mehr darauf geachtet haben, ob es schon dunkel ist.

»Echt?« Sie springt sofort auf. »Wie aufregend.«

»Und, siehst du es?«, frage ich und schaue auf das sanfte Licht, das aus dem Pferdestall dringt. Heute ist es weniger hell als in den Tagen zuvor.

»Nichts. Siehst du etwa was?«

»Ja«, sage ich »Wie jeden Abend.«

»Krass!« Maja schaut mich durchdringend an. »Vielleicht hast du magische Kräfte? Es muss doch irgendeine Erklärung dafür geben.«

Ich muss grinsen. »Dann könnten meine magischen Kräfte vielleicht demnächst auch meine Hausaufgaben machen.«

»He«, sagt Maja und piekst mir in den Arm. »Ich meinte das vollkommen ernst!«

»Weiß ich doch«, sage ich, meinen Blick auf das schimmernde Licht gerichtet. Einen Moment bleiben wir noch stehen, dann machen wir es uns wieder im Matratzenlager gemütlich.

»Und ich habe auch schon daran gedacht.«

»Ach ja, aber mich auslachen …«

»Das würde ich nie tun«, sage ich und verschränke die Arme hinter meinem Kopf.

»Ich habe übrigens auch über etwas nachgedacht«, sagt Maja.

»Okay, worüber denn?«

»Na ja, ist dir aufgefallen, dass Kalinda, Moon und du noch auf eine ganz andere Art miteinander verbunden seid?«

»Wie meinst du das?«, frage ich. Als würde die Sache mit dem sechzigjährigen Pferd nicht schon reichen.

»Pass auf: Da ist Moon, das heißt übersetzt ganz klar Mond, da müssen wir nicht lange überlegen. Dann dein Name, Tara. Tara bedeutet Stern, und jetzt darfst du dreimal raten, was Kalinda bedeutet.«

»Du machst es aber spannend. Ich habe keine Ahnung.«

»Welcher Stern leuchtet denn tagsüber am Himmel?«

»Die Sonne?«

Maja nickt. »Kalinda bedeutet Sonne.«

»Wahnsinn!«

»Absoluter Wahnsinn!«

»Bist du dir sicher?«

»Klar, ich habe im Internet nachgesehen. Nur den Zusammenhang habe ich noch nicht verstanden.« Sie setzt sich in den Schneidersitz und sieht zu mir runter. »Kannst du dich noch an den Physikunterricht erinnern? Da haben wir mal über die Himmelskörper gesprochen. Dabei hat Herr Danielsen erklärt, dass die Sonne ja ein Stern ist und aus sich selbst heraus leuchtet, so wie alle Sterne.« Sie hebt den Zeigefinger, was bedeutet, dass ich jetzt aufpassen muss. »Der Mond aber ist ein Planet, und er leuchtet nur, wenn die Sonne ihn anstrahlt, wobei sie immer nur *eine* Hälfte beleuchtet.«

Jetzt setze auch ich mich auf. »Okay, Kalinda und ich, wir sind beide Sterne. Und Moon ist der Mond.«

»Wobei du ein kleiner Stern bist im Vergleich zu Kalinda«, sagt Maja.

»Danke ... Und Kalinda beleuchtet den Mond«, entgegne ich. »Und was genau soll das jetzt bedeuten? Meinst du, dass sie etwas mit Moons schimmerndem Fell zu tun hat?«

»Vielleicht«, sagt Maja und zuckt mit den Schultern.

»Das könnte sein.« Dann kommt mir eine Idee. »Weißt du was, wenn du dich irgendwann traust, könnten wir gemeinsam zu ihr reiten und sie weiter ausfragen«, schlage ich vor.

Maja betrachtet mich skeptisch. »Jetzt bist du wie deine Mutter«, sagt sie schließlich. »Die wollte dich mit einem Handy ködern, auf dem Gnadenhof zu helfen. Und du willst mich jetzt mit Kalinda austricksen.«

Ich grinse breit. »Hat es funktioniert?«

»Ja!« Sie lässt sich rücklings aufs Bett fallen. »Aber gib mir ein bisschen Zeit.«

»Klar!« Auch ich lege mich wieder hin und muss plötzlich gähnen. »Lass uns jetzt lieber schlafen, ich bin hundemüde. Immer um sechs aufstehen schlaucht ganz schön.«

»So früh.« Maja seufzt. »Aber es ist ja für eine gute Sache. Gute Nacht, Tara.«

»Nacht«, nuschele ich und rolle mich zur Seite.

Ich bin schon fast eingeschlafen, da fängt meine Freundin plötzlich leise an zu singen: *»Laterne, Laterne, Sonne, Mond und Sterne. Brenne auf, mein Licht, brenne auf, mein Licht, aber du, meine liebe Laterne, nicht.«*

Ich fange an zu lachen. »Aufhören, bitte! Du bist zwar eine Matheexpertin, aber im Singen die absolute Katastrophe.«

»Man kann schließlich nicht alles können. Das Lied ist mir gerade so durch den Kopf geschossen, das musste einfach raus. Weißt du noch, dass wir früher immer unsere Laternen für den Martinsumzug selbst gebastelt haben? Da hast du auch mal einen Mond gemacht.«

»Und du eine Sonne«, antworte ich. »Aber das war die Aufgabe, die uns die Eisenhardt im Kunstunterricht gestellt hat. Alle in unserer Klasse haben entweder eine Sonne oder einen Mond gebastelt. Das bedeutet nichts.«

»Stimmt. Na gut, jetzt schlafen wir, versprochen.«

Majas Vorsatz geht ungefähr dreißig Sekunden lang gut. Dann legt sie wieder los: *»Laterne, Laterne, der Mond scheint in der Ferne, wenn es dunkel ist, wenn es dunkel ist …«*

»Boah, Maja!« Ich ziehe mir demonstrativ die Decke über den Kopf. Doch es dauert nicht lange, bis meine Freundin sie wieder zurückschlägt.

»Ich möchte unbedingt wieder reiten«, sagt sie und klingt plötzlich sehr ernst. »Es fehlt mir. Bounty fehlt mir, ihr Schnauben, ihr Wiehern, der Geruch des Stalls, das Gefühl, wenn bei einem Ausritt der Wind durch mein Haar streift, einfach alles!«

»Ich helfe dir.« Ich drehe mich zu Maja. »Wir machen morgen einen Plan, okay?«

»Ja, okay … Ich muss jetzt auch mutig sein, so wie du.«

»Du schaffst das!«

Durch das Fenster dringt leise das Surren aus dem Stall ins Zimmer. Moon wird uns auch dabei helfen.

16.

Freundin auf vier Hufen

»Die Pfannkuchen waren richtig lecker!«, lobt Maja meine Mutter erneut, während sie sich ihre Schuhe anzieht und wir uns bereit machen, die Wohnscheune zu verlassen.

Wir haben mit Mama ausgiebig gefrühstückt. Es gab Pfannkuchen mit Apfelmus und Schokocreme, ein richtiges spätes Sonntagsfrühstück. Jetzt sind wir mit Ina und Finn verabredet. Wir wollen mit Max und Moritz spazieren gehen.

»Hey, ihr beiden!« Ich winke Ina und Finn zu, die vor dem Pferdestall auf uns warten. »Ina, Finn, das ist Maja, meine beste Freundin«, erzähle ich stolz.

»Hey«, sagt Maja und lächelt. Irgendwie sieht sie etwas verlegen dabei aus. Komisch, sonst ist sie immer so aufgeschlossen.

»Wollen wir die Ponys direkt holen?«, frage ich und wedle mir mit einer meiner Hände etwas Luft zu. Heute ist es richtig heiß.

»Klar, sie warten an der Putzstelle auf uns. Wir haben sie schon ausgehfertig gemacht«, sagt Finn.

»Ausgehfertig hört sich gut an«, sagt Maja und zwirbelt an einer Haarsträhne.

Wir holen die beiden Ponys ab und machen uns auf den Weg in den Wald. Die Luft unter dem Blätterdach ist angenehm. Die Bäume spenden Schatten, hier lässt es sich gut aushalten.

»Geht ihr öfter mit den beiden spazieren?«, fragt Maja.

»Ja, das ist wichtig. Ponys legen schnell an Gewicht zu, wenn sie nicht regelmäßig bewegt werden. Außerdem ist es schön, wenn die beiden mal was anderes als die Koppel sehen«, erklärt Ina.

Finn lacht. »Unsere zwei Ganoven denken nur ans Fressen. Letztens war ich mit der Schubkarre mit den orangenen Griffen auf der Koppel, um die Pferdeäpfel einzusammeln. Max und Moritz haben ständig hineingebissen, weil sie dachten, dass es echte Möhren wären. Nachdem sie mir dreimal die Karre umgeworfen haben, habe ich sie in den Stall gebracht.«

»Echt? Das hattest du mir noch gar nicht erzählt«, sagt Ina.

»Muss ich wohl vergessen haben, vielleicht wollte ich aber auch einfach nicht, dass du mich mal wieder mit so was aufziehst.« Finn grinst Ina spielerisch an.

»In meinem alten Stall gab es auch ein richtig verfressenes Pony. Biene hieß es. Sie hat sich immer wieder neue Tricks einfallen lassen, um über Umwege an Futter zu kommen. Man musste richtig aufpassen, Biene war verdammt schlau«, erzählt Maja.

»O ja, Ponys haben es faustdick hinter den Ohren«, sagt Ina.

»In deinem alten Stall? Du reitest auch?«, fragt Finn.

»Ich bin lange geritten, und bald mache ich das vielleicht auch wieder«, sagt Maja und sieht mich hoffnungsvoll an.

»Das tust du«, antworte ich. »Wenn du möchtest, können wir später noch auf den Reitplatz gehen.«

»Meinst du wirklich, heute schon?«

»Wieso nicht?« Ich schaue Maja aufmerksam an. »Natürlich nur, wenn du willst. Aber ich denke, wir könnten es versuchen.«

Finn wirft mir einen fragenden Blick zu. Aber zum Glück sagt er nichts. Er scheint zu merken, dass es hier um eine wichtige Sache geht.

»Das würde ich gern«, sagt Maja mit fester Stimme und sieht zu Ina. »Meinst du, das wäre okay?«

»Für mich ja«, sagt Ina. »Aber sagt lieber Mama Bescheid, so gehen wir auf Nummer sicher.«

✦

Nach der ausgiebigen Tour durch den Wald sitzen wir vier mit einer kühlen Limonade in Ellis Garten. Ich halte mir das Glas an die Stirn, wir waren definitiv zu lange in der Sonne. »Das tut gut«, sage ich und trinke es dann in einem Rutsch leer.

»Oh, das scheint aber allerhöchste Eisenbahn gewesen zu sein«, sagt Elli und schenkt mir noch etwas ein.

»Und wie!« Ich habe richtig Durst.

»Ina, bei dem Wetter müsst ihr immer genug Trinken dabeihaben, das ist sehr wichtig!«, ermahnt Elli ihre Tochter.

»Weiß ich doch, Mama!«, sagt Ina.

»Wissen reicht nicht«, gibt Elli zurück und füllt auch das Glas ihrer Tochter erneut.

Ich muss schmunzeln. Es gibt wohl Dinge, von denen alle Mamas im selben Ton sprechen.

»Und, was habt ihr heute noch bei dem herrlichen Wetter vor?«, fragt Elli und setzt sich zu uns an den Tisch.

»Finn und ich wollen ausreiten«, erklärt Ina.

»Und wir würden gerne ein bisschen mit Moon auf den Platz gehen«, schiebe ich bei der Gelegenheit ein.

»Das ist eine sehr schöne Idee«, sagt Elli sofort. Ob sie wohl weiß, dass Maja die Freundin ist, die den Unfall hatte? Mama hatte ja mit ihr gesprochen.

»Ina, Schatz, hol doch gleich bitte noch einen vernünftigen Helm für Maja aus dem Haus, okay?«

»Klar, Mama, mache ich!«

✦

Kurze Zeit später stehen Maja und ich in voller Montur im Stall. Ina und Finn haben sich schon auf den Weg ins Gelände gemacht.

»Mein Herz wummert ganz schön«, sagt Maja mit piepsiger Stimme.

»Das kann ich verstehen. So ging es mir auch. Doch es wird alles gut, versprochen. Und du musst nur das machen, was du auch willst. Aber das muss ich dir nicht sagen, oder?«

»Nee.« Majas Blick ist entschlossen auf den Helm in ihren Händen gerichtet.

»Soll ich Moon aus der Box führen?«

Maja nickt.

»Hallo, Moon«, sage ich, während ich die Tür öffne. »Alles gut, meine Schöne?« Ich streiche ihr über das Fell und kraule sie hinter den Ohren. An der Stelle, wo sie es besonders gern hat.

Moon blinzelt, schnaubt leise und folgt mir aus dem Stall heraus bis zum Putzplatz.

»Möchtest du ihr vielleicht ein Leckerchen geben?«, frage ich Maja, die ganz aufgeregt auf uns wartet. »In der Dose da vorne müssten noch welche sein.« Ich zeige auf eine moosgrüne Plätzchendose, die neben dem Putzzeug auf dem Boden steht.

Maja kramt darin herum und fischt einen besonders großen Pferdekeks heraus. »Mmh, riecht nach Haferflocken. Den würde ich glatt selbst essen«, witzelt sie.

»Der würde dir auch ganz sicher schmecken. Elli backt die Kekse und betont mehr als oft, dass nur Sachen darin enthalten sind, die sie auch essen würde.«

»Na, wenn das so ist …«, sagt Maja, grinst und beißt eine große Ecke ab.

Damit habe ich jetzt nicht gerechnet. Wortlos starre ich meine Freundin an.

»Schmeckt echt gut! Nur ein bisschen trocken«, sagt sie mit vollem Mund und kaut eine gefühlte Ewigkeit auf dem Keks herum.

»Du bist verrückt!« Ich fange lauthals zu lachen an.

»Selber! Aber der Rest ist für dich, meine schöne Moon«, sagt Maja liebevoll und hält ihr den Keks hin.

Sanft nimmt Moon ihn von Majas Hand und beginnt genüsslich zu kauen. »Wahnsinn, wie lieb sie ist. Sie ist ganz vorsichtig mit mir.«

Ich grinse. »Ja, du kannst ihr wirklich vertrauen. Also los, ab an die Arbeit!«

Wir kümmern uns ausgiebig um Moons Fell. Die Berührungen und die Nähe zu Moon helfen Maja vielleicht schon dabei, ihre Angst ein wenig abzulegen. Behutsam entfernen wir den groben Dreck, striegeln und kämmen ihr Fell, ihre Mähne und den Schweif. Nachdem ich mich um die Hufe gekümmert habe, hole ich das Sidepull und den Sattel aus der Sattelkammer.

»Wow, ist der schön!«, sagt Maja.

»Ich wusste, dass er dir gefällt«, erwidere ich, während ich die Sattelstrippen festziehe. »So, sitzt, würde ich sagen. Bist du bereit?«

»Bereit!«, antwortet Maja, atmet tief durch und nickt.

Auf dem Reitplatz schließe ich das Gatter hinter uns und schnappe mir den kleinen Hocker, damit Maja leichter aufsteigen kann. Ich muss an den Tag denken, an dem ich das erste Mal auf Moon geritten bin. Ich habe mich mindestens genauso verloren gefühlt wie meine beste Freundin heute. Ich war völlig nervös, so wie Maja jetzt. Meine beste Freundin versucht zwar, es zu verbergen, aber ich kenne sie in- und auswendig. Ich hoffe, ihre Angst wird weniger, wenn sie erst mal im Sattel sitzt und dieses wunderbare Band zu einem Pferd wieder spürt. So wie bei mir. Ich stelle den kleinen Hocker neben Moon und gehe ein Stück zur Seite.

»Möchtest du es versuchen?«

»Ja«, sagt Maja, strafft ihre Schultern und steigt auf den Hocker.

»Du schaffst das!«, sage ich und nehme ihre Hand.

»Aber nur, weil du bei mir bist!«

Gerade als Maja ihre Hand aus meiner löst und nach dem Sattel greifen möchte, geht Moon einen Schritt nach vorne und schlägt mit dem Schweif. Maja zuckt etwas zusammen.

Was hat Moon bloß? Ob sie sich vielleicht von etwas gestört gefühlt hat? Sonst macht sie so etwas nicht. Zumindest nicht bei mir. Im Gegenteil, eigentlich kann Moon es kaum erwarten, wenn ich sie zum Reiten abhole.

»Okay …«, sagt Maja. »Habe ich etwas falsch gemacht? Es sieht aus, als hätte sie etwas.«

»Quatsch, da war bestimmt nur eine nervige Fliege oder so.« Ich gehe zu Moon, um sie zurückzuführen, damit Maja einen neuen Versuch starten kann. Aber Moon scheint darauf keine Lust zu haben. Sie bleibt einfach stehen und bewegt sich keinen Zentimeter. Wie ein Fels. Ich hole den Hocker und stelle ihn neben Moon. »Dann eben so!«, sage ich zu ihr und gucke sie etwas streng an. Doch kaum steht der Hocker neben ihr, bewegt Moon sich wieder vorwärts. »Das gibt es doch nicht!«

Maja fängt nervös zu lachen an. »Ich glaube, Moon hat andere Pläne.«

»Hm«, brumme ich. Und stapfe etwas trotzig um meine

Freundin auf vier Hufen herum, bis ich an ihrem Kopf angekommen bin. »Moon, ich weiß, du magst es nicht gerne, wenn andere Leute auf dir reiten. Aber Maja braucht dich. Für sie ist es so wichtig, und Maja ist mir wichtig, weißt du? Sie ist meine Freundin. Hilf mir bitte, ihr die Angst zu nehmen, okay?«, flüstere ich ihr ins Ohr. »Lass sie auf dir reiten, bitte.«

Moon blinzelt und stupst mich leicht an.

»Ich glaube, wir können einen neuen Versuch starten«, sage ich zu Maja.

»Okay, ein letzter Versuch, Madame magische Pferdeflüsterin«, antwortet sie, nimmt sich den Hocker und stellt ihn neben Moon. Sie atmet noch mal tief durch.

Ich bleibe vorne bei Moon stehen und lege meine Hand auf ihre Stirn. »Danke!«, flüstere ich, nachdem Maja sich in einem Satz auf den Sattel geschwungen hat. Ich schaue zu meiner besten Freundin hoch. Ihr Gesicht ist ein einziges Lächeln. Sie ist glücklich. Und ich bin es auch.

17.

Auf zu Kalinda

Mittlerweile ist Maja schon einige Runden um den Platz geritten. Sie sieht super auf Moon aus. Reiten verlernt man einfach nicht, besonders dann nicht, wenn man Pferde so sehr liebt, wie Maja es tut. Es ist fast so, als wäre es ein Naturgesetz, dass sie reitet. Die beiden drehen noch ein paar Runden, bis sie irgendwann auf mich zugetrabt kommen.

»Tara, ich kann es nicht fassen, es ist einfach schön!«

»Das sieht man!«, sage ich. »Du siehst superglücklich aus.«

»Das bin ich auch. Es tut so gut, mich überwunden zu haben. Obwohl mir ehrlich gesagt immer noch etwas mulmig bei der Sache ist.« Sie beugt sich etwas nach vorne und streichelt Moons Hals. »Das werde ich dir nie vergessen, Moon, danke!«

Ich sehe den beiden lächelnd zu und warte.

Da sagt Maja: »Lass uns den Ausflug zu Kalinda aber lieber noch ein bisschen verschieben, hier auf dem Platz fühle ich mich sicherer.«

»Wie du magst, du bestimmst das Tempo«, sage ich.

Als wir anschließend Moon auf die Koppel bringen, verspreche ich Moon, bald wieder einen ausgiebigeren Ausritt zu machen. Ich schließe das Gatter, und sie galoppiert los. Storm schließt sich ihr an, die beiden laufen um die Wette. Ihre Mähnen wehen im Wind. Moon wiehert fröhlich, die beiden scheinen sich mittlerweile gut angefreundet zu haben. Mir geht das Herz auf. Ich freue mich, dass Moon sich nicht länger hinter Bäumen versteckt.

»Sie ist bestimmt nicht ausgelastet gewesen, oder?«, fragt Maja und legt ihr Kinn auf dem obersten Balken des Gatters ab.

»Nein, aber das macht nichts. Für heute wird sie das verkraften, wir waren in letzter Zeit viel unterwegs«, sage ich und lächle meine Freundin an. »Die Hauptsache ist, dass du ein gutes Gefühl mit dem Tag heute hast. Ich bin übrigens so was von stolz auf dich, Maja! Du hast es geschafft!«

Sie fällt mir um den Hals. Und auf einmal schluchzt sie auf und fängt an zu weinen.

»He, was ist denn los?« Ich drücke sie ganz fest. »Warum bist du denn traurig?«

»Bin ich nicht.« Sie schluchzt wieder. »Ich heule, weil ich glücklich bin«, sagt sie, lacht und schluchzt kurz darauf wieder.

Da höre ich plötzlich ein leises Wiehern. Ich schiele zur Koppel. Moon ist zu uns zurückgekommen. Sie kommt ans Gatter und sieht zu uns.

»Schau mal, wer wieder da ist«, sage ich und schiebe Maja sachte von mir weg.

Sie schnieft noch zweimal, bevor sie sich zum Gatter dreht und die Hand auf Moons Blesse legt, so, wie ich das immer mache. Sie flüstert Moon etwas zu. Ich bleibe auf Abstand und lasse den beiden den gemeinsamen Moment.

Da kommt Storm ebenfalls angaloppiert. Sie wiehert auffordernd. Moon wirft ihren Kopf nach oben – und folgt der braunen Stute.

»Moon ist ein ganz besonderes Pferd«, sagt Maja dann an mich gewandt. Sie hat aufgehört zu weinen und lächelt sanft. »Und du bist eine ganz besondere Freundin. Ihr passt gut zusammen. Sie versteht dich, das ist mir vorhin aufgefallen. Nachdem du mit ihr gesprochen hast, hat sie mich plötzlich aufsteigen lassen. Was hast du ihr denn ins Ohr geflüstert?«

»Ich habe ihr gesagt, dass ich ihre Hilfe brauche, um dir die Angst zu nehmen«, erkläre ich und entscheide mich dazu, Maja nun die ganze Wahrheit zu erzählen. Vielleicht hätte ich das sogar schon längst tun sollen, schließlich ist sie meine beste Freundin. Und ich würde auch wissen wollen, wenn ich Teil eines Plans wäre. Wir setzen uns im Schneidersitz auf den Boden. Den Blick auf Moon und Storm gerichtet, fange ich an: »Ehrlich gesagt habe ich dir noch nicht alles verraten. Ich glaube nämlich, dass auch du eine Rolle in Moons Aufgabe spielst.« Ich schaue meine Freundin an. »Ich habe doch erwähnt, dass Moon und Kalinda sich offenbar schon sehr lange kennen, richtig?«

Maja nickt. Sie hat ihre Hände ineinandergefaltet und sieht mich an.

Ich atme tief ein. »Und dass Moon eine Aufgabe hat, die ich lösen soll, weißt du auch.«

»Ja, deswegen auch das schimmernde Licht. Moon hat dich gerufen.«

»Aber da ist noch mehr. Kalinda hat auch gesagt, dass Moons Fell immer nur so lange leuchtet, bis die Aufgabe gelöst ist.«

»Okay, aber was das für eine Aufgabe sein soll, hat sie dir nicht verraten. Mit der Info können wir also nicht so viel anfangen.«

»Nein. Aber ich denke, ich weiß es«, sage ich und zeige auf den Helm, den Maja in der Hand hält. »Du bist heute zum ersten Mal geritten.«

Sie reißt die Augen auf. »Du denkst, dass ich die Aufgabe bin?«

»Ja!« Ich greife Majas Hand. »Moon und ich sollten dir bestimmt dabei helfen, wieder zu deiner Liebe zu Pferden zu finden. Wir sollten dir die Angst vorm Reiten nehmen. Ich bin mir sogar ziemlich sicher!«

»Meinst du wirklich?«, fragt sie leise. Und dann sieht sie mich ganz entsetzt an. »Aber das bedeutet doch, dass Moons Fell heute Nacht nicht mehr leuchten wird. Bist du dann nicht traurig?«

»Daran habe ich noch gar nicht gedacht.« Ich fühle einen Moment in mich hinein. »Nein«, sage ich schließlich. »Weil du deine Angst verloren hast und Moon auch so wunderschön und besonders ist.«

Als es dunkel wird, stehen Maja und ich am geöffneten Fenster in meinem Zimmer und schauen rüber zum Gnadenhof.

»Siehst du schon was?«, fragt Maja.

»Nein«, antworte ich. Doch plötzlich stockt mir der Atem.

»Was ist los, Tara?« Maja legt mir eine Hand auf den Arm.

»Da ist noch kein Licht, aber das Surren, es ist noch da!« Ich kneife die Augen zusammen und schaue in Richtung Pferdestall, ich kann nichts Ungewöhnliches erkennen. Doch dann sehe ich es. Etwas weiter hinten auf dem Gelände, dort, wo die Weide ist, liegt ein silbriger Glanz in der Luft. »Moons Fell, es leuchtet immer noch! Aber ganz blass und weiter weg. Anscheinend haben sie die Pferde auf der Koppel gelassen.« Maja und ich schauen uns mit großen Augen an. »Wir müssen zu Kalinda!«, platzt es gleichzeitig aus uns heraus. Obwohl wir so verschieden sind, denken und fühlen wir in bestimmten Momenten, als wären wir eine Person.

Am nächsten Morgen stehen wir noch früher auf als sonst, sind vor Aufregung gleich topfit und noch vor meiner Mutter in der Küche. Wir stärken uns schnell mit einer Schale Müsli, decken den Tisch für meine Mutter und hinterlassen ihr eine Nachricht, in der wir erklären, dass wir schon zum Gnadenhof gegangen sind.

»Sollen wir denn wirklich reiten?«, fragt Maja, als wir am Stall vorbeilaufen.

»Zu Fuß würden wir viel zu lange brauchen«, erkläre ich und hole das Sidepull aus der Sattelkammer, bevor wir weiter zur Koppel gehen. Die Pferde sollten noch dort sein, schließlich kam das Licht letzte Nacht eindeutig aus der Richtung. »Ich würde vorschlagen, dass wir gemeinsam auf Moon reiten. Du kannst dich einfach hinter mich setzen, Maja. Natürlich nur, wenn du willst. Wenn dir das unangenehm ist, finden wir eine andere Lösung.«

»Nein, das ist eine gute Idee. Das kriege ich schon hin«, sagt Maja.

Die Pferde scheinen auch noch nicht mit uns gerechnet zu haben. Sie stehen unter dem Unterstand, dicht aneinander gekuschelt, und schauen uns träge an. Als Moon uns entdeckt, dauert es jedoch nur ein paar Sekunden, bis sie vor uns am Zaun steht.

»Guten Morgen, meine Schöne«, sage ich und strecke meine Hand nach ihr aus. Behutsam streichle ich sie. »Wir wollen zu Kalinda. Bringst du uns zu ihr?«

Nachdem ich Moon von der Koppel geholt und das Sidepull angelegt habe, steige erst ich und anschließend Maja auf. Sie legt ihre Arme auf meinen Rücken und atmet tief durch. »Das ist so was von schön.«

»Bring uns zu ihr, Moon«, flüstere ich, während wir das Gelände des Gnadenhofes verlassen.

Leichter Nebel liegt über den Feldern und Wiesen. Die Vögel begrüßen zwitschernd den Morgen. Moon trägt uns sicher durch die Landschaft. Ich merke, dass sie besonders vorsichtig ist. Sie spürt wohl, dass Maja noch immer etwas ängstlich ist, und ist ganz behutsam mit ihr. Moon ist wirklich fantastisch.

»Geht's dir gut?«, frage ich.

»Und wie«, antwortet Maja.

Sie hat ihren Griff etwas gelockert und scheint sich zu entspannen.

»Siehst du das weite Feld vor uns?«

»Ja«, sagt Maja.

»Das ist Moons und meine Lieblingsstrecke. Meinst du, wir können uns trauen?«

Maja klammert sich an mir fest. »Ja.«

»Flieg!«, flüstere ich Moon zu und treibe sie an.

Und dann fliegen wir, Moon, Maja und ich. Um uns herum verschwimmen die Farben. In Windeseile trägt Moon uns über die Felder. Es ist ein unfassbar schönes Gefühl. Jedes Mal frage ich mich, wie ich absichtlich so lange darauf verzichten konnte. Vorsichtig schaue ich zu Maja. »Ist alles gut?«, frage ich.

»Wooooh!«, ruft Maja und lacht. »Ich habe vergessen, wie es ist, sich so frei zu fühlen.«

Meine Freundin strahlt bis über beide Ohren. »Jetzt weißt du es wieder!«

»Ja, und ich werde mich immer daran erinnern.«

Moon nimmt etwas Tempo raus, als wir auf das Waldstück zureiten, das direkt vor der Seniorenresidenz liegt.

»Gleich da vorne müsste es sein. Ich wette, Kalinda steht wieder vor dem Tor. So war es die letzten beiden Male auch. Sie spürt, wenn wir kommen.«

Langsam schieben wir uns zwischen den Bäumen hindurch. Doch vor den Toren der Anlage steht keine freundlich strahlende Frau mit langen weißen Haaren.

»Merkwürdig«, sage ich. »Damit habe ich nicht gerechnet.«

»Lass uns reingehen und nach ihr fragen«, schlägt Maja vor.

»Aber es ist besser, wenn jemand von uns bei Moon bleibt«, entgegne ich.

»Das mach ich«, bestimmt Maja und steigt ab.

»Ich bin gleich wieder da«, sage ich zu Moon, nachdem ich mich ebenfalls runtergeschwungen habe.

Vor dem Eingangsbereich der Residenz klopfe ich meine Reitschuhe ab und nehme den Helm vom Kopf. Zögerlich betrete ich das prunkvolle Gebäude. Ich komme mir fast so vor, als würde ich durch die Eingangshalle eines Schlosses gehen. Die Decken sind wahnsinnig hoch und mit wunderschönem Stuck verziert. Der Raum wird durch zwei riesige Kronleuchter in ein angenehm warmes Licht getaucht. Ich fühle mich ein bisschen verloren. Das scheint nicht unbemerkt zu bleiben.

»Guten Morgen, junge Dame«, begrüßt mich eine Frau freundlich. Sie trägt einen cremefarbenen Kittel über ihren Jeans. Ihr Haar hat sie zu einem hohen Dutt zusammengebunden. »Kann ich dir helfen?«

»Guten Morgen, ähm, ja«, fange ich an loszustammeln. Was soll ich denn jetzt sagen? Nach meiner Großmutter Kalinda fragen? Nein, lieber keine Lügen. »Ich würde gern Kalinda treffen.«

»Tut mir leid, wen suchst du?«, fragt sie.

»Kalinda, eine alte Dame, sie hat langes weißes Haar und hat in den letzten Tagen ein wunderschönes weißes Kleid getragen.«

Sie überlegt einen Augenblick. »Hm, so jemand wäre mir bestimmt aufgefallen. Aber eine Kalinda wohnt hier leider nicht.«

Im ersten Moment bin ich sprachlos. »Sind Sie sich da sicher?«, frage ich schließlich. »Ich war schon ein paarmal hier. Sie ist immer runter zu mir an den Zaun gekommen. Und einmal war sogar eine andere Frau da, die nach ihr gerufen hat.«

»Ja, ich arbeite seit einigen Jahren hier. Aber eine Kalinda hat noch nie hier gewohnt. Und ich kann mich nicht erinnern, dass in letzter Zeit eine Bewohnerin ein langes weißes Kleid oder ihre Haare so offen und lang getragen hat.« Sie schmunzelt. »Es sei denn, es war ein Nachthemd. Es tut mir leid, ich kann dir da leider nicht weiterhelfen.«

Das kann doch nicht wahr sein! Einen Moment lang bleibe ich unschlüssig stehen, dann sage ich: »Danke schön« und verlasse auf der Stelle das Gebäude.

»Und? Kommt sie?«, fragt Maja, bis sie meinen Blick sieht. »Was ist passiert?«

Ich drehe mich noch einmal um zur Seniorenresidenz. »Ich glaube, ich dreh gleich durch, Maja«, sage ich. »In der Seniorenresidenz wohnt keine Kalinda.«

18.

Kalindas Rätsel

Ich lege meine Hand auf Moons Blesse. »Weißt du, wo Kalinda jetzt ist? Es ist wichtig.«

Moon brummt und dreht ihren Kopf in Richtung der weißen, verschnörkelten Bank, auf der Kalinda und ich letztes Mal die Fotos angeschaut haben.

Maja zieht eine Augenbraue hoch. »Was war das denn für ein Ton?«

»Manchmal brummen Pferde, wenn sie uns Menschen etwas zeigen wollen, ist dir das noch nie aufgefallen? So hat Bounty doch auch auf den Fuchs im Stall aufmerksam gemacht, erinnerst du dich?«

Gerade als mir Maja antworten will, spaziert Moon los.

Maja und ich sehen uns kurz an und folgen ihr dann. Vor der Bank bleibt Moon stehen und brummt wieder.

Maja zupft an meinem T-Shirt. »Guck mal.«

Ich habe es auch schon entdeckt. Auf der Bank liegt ein großer Kieselstein, darunter ein weißer Zettel.

Ich hebe den Stein hoch, nehme das Blatt und falte es

auseinander. Darauf hat jemand mit blauer Tinte in schnörkeliger Schrift geschrieben:

Finde die, die Sonne, Mond und Sterne vereint.

K. ☼

Mein Herz klopft ein paar Takte schneller. Wortlos halte ich Maja die Nachricht hin. Sie liest sie auch und sieht mich ratlos an. »Ein K und daneben eine kleine Sonne. Der ist eindeutig von Kalinda. Aber was möchte sie uns damit sagen?«

»Wenn ich das nur wüsste. Schade, dass Moon nicht sprechen kann.« Unschlüssig schaue ich mich um. »Vielleicht ist sie hier noch irgendwo in der Nähe.« Aber es ist weit und breit niemand zu sehen. »Wer vereint denn die Sonne, den Mond und die Sterne? Hast du keine Idee?«, frage ich meine schlaue Freundin, die immer eine Antwort parat hat. So wie auch diesmal.

»Das ist doch logisch, das Universum«, antwortet sie.

»Na klar!«, rufe ich und kratze mich im nächsten Moment am Kopf. »Und wer oder was soll das jetzt sein?«

Maja zuckt mit den Schultern. »Frag mich was Besseres, ich kenn doch hier niemanden. Ich bin es auf jeden Fall nicht. Wenn es danach geht, steht vor dir gerade die Göttin des Wachstums.«

»Echt? Das wusste ich gar nicht.« Ich betrachte sie grinsend. »Na ja, besonders gut passt das jetzt ja nicht wirklich zu dir.«

»Wir suchen also jemanden, dessen Name Universum bedeutet. Oder aber … Moment … Was ist, wenn sie einen Planeten meint?« Ihre Augen beginnen zu leuchten. »Ich hab's. Die Erde! Die wird auch von der Sonne angeleuchtet, so wie der Mond. Und alles gehört irgendwie zusammen, verstehst du? Erde, Sonne, Mond, Sterne!«

»Hm«, mache ich. »Und welche Namen bedeuten Erde?«

»So schlau bin ich auch wieder nicht«, antwortet Maja. »Ich weiß nur, dass es auf Englisch *the earth* ist. Aber ich schätze mal, so heißt niemand.«

»Im Französischen ist sie *la terre*«, sage ich. »Im Vokabeltest hatte ich damals eine Eins.«

»Ich eine Eins minus, ich hab nämlich von dir abgeschrieben und extra einen kleinen Fehler gemacht, damit es nicht auffällt.«

»Weißt du was, lass uns im Internet nachschauen«, schlage ich vor und steige auf Moon. Maja klopft ihre Schuhe ab, stellt sich auf die Bank und wartet, bis ich mich mit Moon neben sie stelle. Sie schwingt ihr Bein, und kurz darauf sitzt sie hinter mir.

Ich beuge mich nach vorn. »Lauf, Moon, bring uns zurück zum Hof.«

Die Nebel haben sich mittlerweile aufgelöst, die Sonne strahlt am Himmel. Moons Hufe traben durchs Gras, und der Wind weht Maja und mir durch die Haare. Das Leben kann so schön sein, besonders auf dem Rücken eines Pferdes. Und ganz besonders, wenn es Moon ist und hinter mir meine beste Freundin sitzt. Maja geht es genauso. Sie schmiegt sich fest an mich und seufzt glücklich.

Zurück auf dem Gnadenhof entdecke ich Ina vor dem Stall. Sie hat die Arme vor der Brust verschränkt und sieht uns grimmig an.

»Oje«, sage ich leise zu Maja.

»Ihr habt echt Nerven«, schimpft Ina. »Hättet ihr nicht wenigstens Bescheid sagen können, dass ihr Moon mit rausnehmt? Wir haben im ersten Moment gedacht, dass sie abgehauen ist.«

»Ach, du heiliger Pferdemist!«, entfährt es mir. »Ina, das tut mir leid, daran habe ich vorhin ehrlich gesagt überhaupt nicht gedacht.«

»Das haben wir gemerkt. Ich war drüben bei dir, um dir zu sagen, dass Moon verschwunden ist. Aber ihr wart beide nicht da. Deine Mutter hat mir dann Bescheid gesagt. Sorry, aber das geht so was von gar nicht!« Sie wirft ihr Haar über die Schulter und läuft mit strammen Schritten zu ihrem Haus.

»Mist«, sagt Maja. »Die ist verdammt sauer.«

»Ja, sieht ganz so aus.« Mein schlechtes Gewissen sitzt wie ein schwerer Stein in meinem Magen. »Und zwar zu Recht, das war wirklich nicht in Ordnung.«

»Was machen wir denn jetzt?«

»Ich würde sagen, wir bringen erst mal Moon zurück auf die Weide. Und dann suchen wir Ina und reden mit ihr.«

Wir finden Ina bewaffnet mit einem Eimer voller Mais und einer Schaufel im Hühnerstall. Um sie herum wuselt und gackert es nur so. Die Hühner stürzen sich auf die Körner, als hätten sie seit Tagen nichts mehr zu futtern bekommen. »Ina«, sage ich vorsichtig und winke ihr durch das Gitter zu.

Wortlos stellt sie den leeren Eimer neben den Stall und schließt die Tür des Außengeländes mit einem Riegel zu. »Ich habe mir wirklich große Sorgen gemacht!«

»Das weiß ich. Es tut mir sehr leid, wir haben absolut nicht nachgedacht.«

»Warum musstet ihr denn unbedingt so früh ausreiten?«, fragt Ina.

»Das ist eine lange Geschichte, aber es war wichtig, wir hatten einen guten Grund.« Ich schaue zu Maja.

Sie weiß sofort, was ich sie fragen möchte.

»Erzählen wir es ihr«, sagt sie.

Ich nicke. »Aber irgendwo, wo uns niemand hört.«

»Das klingt ja geheimnisvoll«, meint Ina und hört sich schon nicht mehr ganz so sauer wie eben an. Sie zeigt zur Scheune, in der das ganze Arbeitsmaterial aufbewahrt wird. »Darüber befindet sich der Heuboden. Mit einer langen Leiter kann man aufs Dach klettern. Niemand kann uns hören, und man sieht sofort, ob jemand kommt. Keine Angst, das Dach ist sicher. Meine Mutter hat es kontrollieren lassen, als sie mitbekommen hat, dass ich ab und an mal raufklettere.«

Ein paar Minuten später sind wir auch schon oben.

»Ich sitze manchmal hier, wenn ich nachdenken möchte«, sagt Ina und lässt ihren Blick über das Gelände und dann in die Ferne schweifen.

»Eine tolle Aussicht.« Maja legt ihre Hand über die Augen und sieht sich um.

»Nun aber raus mit der Sprache. Was war denn so wichtig, dass ihr noch nicht einmal daran denkt, wenigstens einen Zettel an die Stalltür zu pinnen?«

»Also, es ist so … erinnerst du dich noch daran, dass ich dir von dem schimmernden Licht erzählt habe, das ich in der ersten Nacht gesehen habe? Das klingt jetzt wahrscheinlich total verrückt, aber es ist immer noch da. Moon leuchtet, aber nur ich kann es sehen. Das liegt daran, dass …«

»Is klar«, unterbricht mich Ina. »Moon leuchtet also immer noch.« Sie fängt an zu kichern. »Eins muss ich euch lassen, die Ausrede ist echt gut.«

»Lass sie doch mal zu Ende erzählen«, tadelt Maja.

»Du glaubst ihr?« Ina versucht ernst zu gucken, aber es gelingt ihr nicht ganz. Ihr Mund zuckt, bestimmt fängt sie gleich wieder an zu lachen.

»Ja, ich glaube ihr. Sie ist meine beste Freundin. Und ich weiß, dass sie so etwas niemals erfinden würde. Wenn du sie besser kennen würdest, wüsstest du das. Tara lügt nicht. Das wirst du bald selbst feststellen, weil du das Glück hast, dass sie jetzt in deiner Nähe wohnt.«

Ina sieht erst zu Maja, dann zu mir, schließlich nickt sie. »Okay, erzähl weiter, Tara. Ich verspreche, nicht wieder zu lachen.«

Ich berichte ihr alles. Maja hilft mir dabei und wirft zwischendurch immer mal wieder etwas ein, wenn ich ihr nicht genau genug berichte. Am Schluss halte ich Ina Kalindas Botschaft hin. »Das haben wir unter einem Kieselstein auf einer Bank in der Nähe der Residenz gefunden.«

Ina nimmt das Blatt Papier, kommt aber nicht dazu, sich die Nachricht darauf anzuschauen, denn plötzlich ruft jemand: »Hey, das will ich auch sehen.«

Es ist Finn.

Wir drei drehen uns alle gleichzeitig um. Er steht auf der Leiter und hat seine Ellenbogen auf dem Dach abgestützt.

»Hast du nicht gesagt, hier oben hat man alles im Blick?«, frage ich Ina.

»Das dachte ich auch«, antwortet sie. »Finn, hast du uns etwa belauscht? Das ist echt uncool!«

»Sorry«, sagt er und grinst. »Ich habe gesehen, dass ihr zur Scheune geht und bin euch nachgelaufen, bevor ihr oben wart. Eigentlich wollte ich nicht lauschen, aber dann war die Geschichte echt interessant, da konnte ich nicht mehr weghören.«

»Ach, und uns sagen, dass du da bist, konntest du auch nicht?«, fragt Maja.

»Ja, okay, tut mir leid, war doof! Aber ich wollte nicht, dass ihr mich wieder wegschickt … Und ich wusste doch, dass mit Moon irgendetwas los ist!«

»Du glaubst Tara, dass Moon im Mondlicht schimmert? Und sie eine Aufgabe hat?«, fragt Maja erstaunt.

»Voll«, antwortet Finn. »Wieso denn nicht? Du glaubst ihr doch auch.« Er kommt zu uns aufs Dach, stellt sich hinter Ina und schaut ihr über den Rücken. »Wie lautet denn die Botschaft?«

»Ach ja.« Ina faltet das Blatt auseinander und liest laut: *»Finde die, die Sonne, Mond und Sterne vereint. K.«*

Einen Moment herrscht Stille.

Dann sagt Finn: »Ich liebe Rätsel.« Er reibt sich über die Nase. »Das Weltall?«

»Ans Weltall oder Universum haben wir auch schon gedacht. Außerdem könnte es auch die Erde sein«, sagt Maja.

»Wir wollten noch nachschauen, ob wir Namen finden, die das bedeuten. Helft ihr uns?«, frage ich.

»Auf jeden Fall!«, stimmt Ina sofort zu. »Was haltet ihr heute Abend von einer Übernachtungsparty hier auf dem Heuboden?«

»Tolle Idee«, sage ich.

Maja strahlt wie ein Honigkuchenpferd. »Finde ich auch.«

»Und ich?«, fragt Finn. »Bin ich mit eingeladen?«

»Na klar, ich hab uns alle gemeint«, antwortet Ina. »Wir vier, heute Nacht hier. Mit Picknick. Wir treffen uns um sechs Uhr vor der Scheune. Wer bringt was mit?« Sie grinst. »Ich hätte Kirschkuchen im Angebot.«

Kein Vertrauen

Voll bepackt mit Nachtzeug und Essen klettern wir nacheinander die Leiter zum Heuboden hoch. Ich nehme einen tiefen Atemzug. »Wie ich diesen Duft liebe!«

»Ich auch«, sagt Finn, der nach mir oben ankommt. »Aber weißt du, was noch viel besser ist?« Er nimmt Anlauf und springt in einem hohen Bogen in einen der Heuberge hinein. Für einen kurzen Moment sieht es aus, als würde er in einem goldenen Meer abtauchen.

Ina lacht. »Jetzt siehst du aus wie eine Vogelscheuche.«

»Das macht nichts, so werden wir später alle aussehen«, kontert Finn.

Ich nehme meinen Rucksack ab und stelle ihn unter das Fenster, aus dem man direkt auf den Hühnerstall schauen kann. »Ich habe jede Menge Proviant von Mama bekommen.«

»Super!«, sagt Ina. »Ich habe unser Bettzeug vorhin schon hergebracht. Da vorne liegen Kissenbezüge, die könnt ihr mit Stroh befüllen.«

✦

Mit dem Gesicht voran lasse ich mich in mein frisch bezogenes Lager für die Nacht fallen. Wir liegen alle nebeneinander. Maja neben mir, dann Ina und schließlich Finn. Es ist viel gemütlicher, als ich dachte. Ich hatte es mir härter und pieksiger vorgestellt.

»Und jetzt?«, fragt Finn. »Wollen wir vielleicht schon etwas essen? Ich habe einen Bärenhunger!« Wie auf Kommando beginnt sein Bauch zu knurren.

Ina, Maja und ich schauen uns an und fangen gleichzeitig an zu lachen. Finn grinst schief und zuckt mit den Schultern. „Sag ich doch."

»Hört sich an, als hätten wir keine andere Wahl«, feixt Ina und packt unseren Proviant aus. Unsere Eltern haben uns eine ganze Menge frisches Obst und Gemüse eingepackt, kleine belegte Pumpernickel, frisch gebackene Quarkstütchen, und ein bisschen was zum Knabbern ist natürlich auch dabei.

»Darf ich den Zettel noch mal sehen?«, fragt Finn, während er sich über die Snacks hermacht.

»Klar.« Ich lege ihn vor uns in das Heu.

»Ihr hattet doch die Idee mit der Erde«, sagt Ina. »Dann lasst uns doch mal nachschauen, welche Namen es mit der Bedeutung gibt.«

»Ich habe vorhin schon im Internet nachgesehen«, sagt Maja und holt ihr Smartphone aus der Tasche. »Ich habe alles aufgeschrieben.« Sie hebt ihren Zeigefinger. »Aufgepasst! Kennt ihr vielleicht einen Adam? Oder einen Juri? Wie sieht es mit Giorgia aus? Oder Demi?«

Die Liste ist lang, doch niemand von uns kennt jemanden mit diesen Namen.

»Sind wir denn sicher, dass sie Erde gemeint hat und nicht doch Weltall oder Universum?«, sagt Ina.

»Ja, und vielleicht sind wir auch auf einem völlig falschen Dampfer. Was, wenn Kalinda überhaupt keine Person meinte?«, frage ich.

»Das kann ich mir nicht vorstellen. *Finde die, die Sonne, Mond und Sterne vereint …*«, zitiert Maja. »Oh, ich Dussel. Wenn man es genau liest, können wir es sogar noch mehr eingrenzen. Es wird eine weibliche Person sein.«

»Stimmt, sie redet von einer Die«, sage ich und bin froh, dass Maja da ist.

»Wisst ihr was?«, beginnt Ina. »Das bringt alles nichts. Ich kenne einfach nicht viele Leute hier aus der Umgebung, abgesehen von meiner Klasse. Wir sind mit dem Gnadenhof doch ganz schön weit ab vom Schuss.«

»Geht mir ähnlich«, sagt Finn.

»Okay, aber wer könnte uns denn helfen?«, frage ich.

Inas Stirn legt sich in Falten. »Mir fällt es jetzt nicht leicht, das vorzuschlagen, aber Celina wahrscheinlich. Der Pferdehof ihrer Eltern liegt zentral. Rosenthel ist sehr modern, sie haben unglaublich viele Gäste und kennen Gott und die Welt. Wenn wir rausfinden wollen, wen Kalinda meint, könnten wir sie vielleicht fragen. Tara, du hast sie doch letztens am See kennengelernt. Ihr habt euch recht gut verstanden, oder?«

»Oh, bitte nicht die!«, entfährt es Finn, noch bevor ich auf Inas Frage antworten kann.

»Ja, wir haben uns echt gut verstanden. Letztens, als ich mit Moon unterwegs war, habe ich sie zufällig auf dem Feld getroffen. Sie hat mich sogar nach Rosenthel eingeladen«, fällt es mir wieder ein. Durch Majas Besuch habe ich das total vergessen.

»Das ist doch perfekt!«, sagt Ina.

»Finn, was hast du eigentlich gegen sie?«, frage ich. »Am See habt ihr zwei auch schon so komisch reagiert.«

»Celina trägt ihre Nase einfach viel zu weit oben«, brummt Finn.

»Das ist echt so, ich gehe mit ihr zur Schule. Und du übrigens auch bald, Tara«, erklärt Ina. »Aber die Rosenthels kennen wirklich richtig viele Leute. Wenn uns jemand helfen kann, dann sie.«

»Die Idee ist leider gut«, sagt Finn und kratzt sich am Kinn. »Und solange ich nicht mit ihr reden muss, soll es mir egal sein.«

»Ich mach das«, sage ich und schaue auf meine Uhr. »Wenn ich mich beeile, kann ich das jetzt noch erledigen.«

Langsam trabt Moon auf den Torbogen von Hof Rosenthel zu. Ina hat mir den schnellsten Weg erklärt. Ich steige ab und führe Moon auf das weitläufige Gelände. Der Hof ist wirklich topmodern. Alles sieht schick und neu aus. Auf der linken Seite erstrecken sich die Stallungen. Es ist ein wunderschöner, weiß gestrichener Pferdestall mit grünen Holzfenstern, an denen sich cremefarbene gemalte Efeuranken entlangschlängeln. Davor ist ein großer Kreis aus roten Pflastersteinen in den Boden gelassen, in dessen Mitte sich eine riesige Rose aus weißen Kieselsteinen befindet. Das muss das Wappen des Hofes sein. An der Spitze des Torbogens habe ich eine ähnliche Rose entdeckt. Auf der rechten Seite kann ich in der Ferne mehrere Reitplätze und eine große Pferdekoppel erkennen. Gleich daneben scheint das Wohnhaus zu sein. Menschen sind nicht zu entdecken. Komisch. So ein großer Hof, aber so wenig los? Ob Celina überhaupt da ist? Vielleicht ist sie bei dem schönen Wetter auch mit Denver in den Feldern unterwegs und jagt dem Wind nach. Wundern würde es mich nicht. Ich führe Moon in Richtung der Pferdeställe. Wenn ich hier irgendwo jemanden finde, dann vermutlich dort. Durch die geöffneten Fenster entdecke ich zwei Männer drinnen. Perfekt, die können mir sicher helfen.

Gerade, als ich auf mich aufmerksam machen möchte, schnappe ich einen Fetzen der Unterhaltung auf. »Sagen Sie, Herr Rosenthel, wissen Sie schon von der Sache mit Ellis Gnadenhof?«, fragt der eine Mann.

Ellis Gnadenhof? Ich beschließe, einen Moment zu warten, bis ich mich zeige, und bleibe stehen. »Psst!«, mache ich zu Moon. »Wir müssen jetzt still sein.«

»Du meinst, dass der Hof pleite ist? Natürlich weiß ich das. Wer hat bitte noch keinen Wind davon bekommen? Elli muss den Hof verkaufen, sie kann ihn nicht mehr halten. Ich habe schon von einigen Leuten aus der Umgebung gehört, die scharf auf das Grundstück sind«, sagt Herr Rosenthel. Bestimmt ist das Celinas Vater. Neben dem Namen sieht er ihr verdammt ähnlich. Sie haben das gleiche braune Haar, und die großen dunklen Augen hat sie ganz offensichtlich auch von ihm.

»Und haben Sie vor, etwas zu machen? Das wäre doch die Chance, um das Konzept Hof Rosenthel weiter auszubauen. Eine Goldgrube ist das, das sage ich Ihnen.«

Herr Rosenthel lacht auf. Bei dem Geräusch zucke ich zusammen, sein Gelächter ist unangenehm. Mir wird flau im Magen. Irgendwie gefällt mir das nicht.

»Natürlich werde ich etwas machen, Robin. Wir können uns vor Anfragen potenzieller Mitglieder kaum retten. Ich werde investieren und Ellis Gnadenhof aufkaufen. Wir werden unser Konzept erweitern. Hof Rosenthel 2 ist in meinen Gedanken schon vollständig geplant und wird uns eine Menge neuer Gäste bringen. Ich weiß genau, wie das aussehen soll. Morgen Nachmittag habe ich einen Termin mit zwei anderen Investoren, wir werden uns den Hof anschauen und alles klarmachen.«

Ich bin wie erstarrt. Habe ich das eben richtig verstanden? Tränen schießen mir in die Augen. Der Gnadenhof soll verkauft werden? Das kann nicht wahr sein. Ich muss weg hier! Und zwar sofort. Ich schwinge mich auf Moons Rücken. Dabei werfe ich einen Eimer um, der vor dem Stall steht.

»Hallo?«, höre ich Herrn Rosenthel rufen.

»Los, lass uns zusehen, dass wir von diesem grausamen Ort wegkommen«, sage ich zu Moon. Wir galoppieren von dem Gelände. Auf den Feldern werden wir immer schneller und schneller. Meine Tränen verlieren sich im Wind, ich bin nicht in der Lage, klare Gedanken zu fassen. Für einen kurzen Moment bereue ich, zum Hof geritten zu sein. Vor allem aber, dass ich Celina am Badesee kennengelernt habe. Finn und Ina scheinen recht gehabt zu haben. Den Rosenthels ist nicht zu trauen. Der Schock und die Trauer wandeln sich langsam in Wut um. Wut auf Celina und ihren Vater, aber auch auf mich, weil ich ihr vertrauen wollte, obwohl Finn und Ina mich gewarnt haben.

20.

Höchste Not

Am Gnadenhof angekommen, bringe ich Moon auf die Weide und klettere zurück zu meinen Freunden auf den Heuboden. Sie lachen, die Stimmung ist ausgelassen. Zumindest, bis sie in meine vom Weinen roten Augen blicken.

»Tara, was ist los?« Maja springt sofort auf und nimmt mich in die Arme.

Prompt muss ich wieder schluchzen.

»War Celina ekelig zu dir?«, fragt Finn. »Bestimmt war sie das!«

»Nein, viel schlimmer! Ihr könnt euch nicht vorstellen, was passiert ist.«

»Jetzt setz dich erst mal hin«, sagt Maja und nimmt mich an die Hand.

Ich erzähle Finn, Ina und Maja ganz genau, was ich gehört habe, und beschreibe die beiden Männer.

»Hört sich zu einhundert Prozent nach Celinas Vater an«, sagt Finn und schlägt die Hände über dem Kopf zusammen. »Das passt zu den Rosenthels.«

Ich schaue in die Gesichter meiner Freunde. Ina ist kreidebleich. Finns Kopf dagegen ist hochrot angelaufen. Maja scheint die Einzige zu sein, die es schafft, die Ruhe zu bewahren. Was wohl auch daran liegt, dass Finn und Ina ganz anders von der Situation betroffen sind.

»Und du bist dir ganz sicher, dass die beiden Männer das gesagt haben?«, fragt Maja. »Oder könnte es eventuell sein, dass du sie doch nicht zu hundert Prozent verstehen konntest?«

Ich schüttle den Kopf. »Ich konnte alles verstehen!«

»Ina, wusstest du davon?«, fragt Finn.

»Na ja, ich wusste, dass wir Geldprobleme haben, aber nicht, wie schlimm es wirklich ist. Mama war in letzter Zeit oft sehr traurig.« Inas Stimme ist ganz zittrig. »Immer wenn ich sie gefragt habe, meinte sie, dass alles in Ordnung wäre. Aber letztens, letztens wollte sie mir etwas erzählen ... Sie hat es dann aber doch nicht gemacht. Ich kann es nicht glauben, der Hof ist doch unser Zuhause.«

»Unseres auch irgendwie. Und das vieler Tiere. Der Gnadenhof darf auf keinen Fall verkauft werden. Schon gar nicht an den doofen Rosenthel.« Wütend zupft Finn am Heu herum.

»Was sollen wir denn jetzt machen?«, fragt Ina.

»Es muss auf jeden Fall schnell passieren. Morgen kommen sie, um sich den Hof anzuschauen«, sage ich.

Ina schluchzt laut auf. »Wo sollen wir denn dann hin? Wir hätten überhaupt nichts mehr.«

»Noch ist gar nichts entschieden!«, versucht Maja, Ina zu beruhigen.

»Psst«, macht Finn plötzlich und hält sich einen Zeigefinger vor den Mund.

»Was ist?«, flüstert Ina.

»Ich glaube, da kommt jemand«, erklärt er und deutet mit dem Kopf auf die Leiter.

Kurz darauf schauen wir in zwei große, neugierig schauende Augen. Es ist Celina. »Hey«, sagt sie und lächelt uns an.

»Na, du hast ja Nerven!«, fährt Finn sie an. »Was willst du hier? Schaust du dich schon um und überlegst, was ihr Schickes aus dem Heuboden machen könnt?«

»Oder willst du dir direkt ein Zimmer in unserem Haus aussuchen?«, blafft Ina und verschränkt die Arme vor der Brust.

»Was? Was soll das bitte heißen?« Celina klettert zu uns auf den Heuboden. »Was soll ich denn mit einem Zimmer hier? Und was geht mich der Heuboden an?« Sie sieht unsicher aus. Ganz anders als die beiden letzten Male, an denen ich sie allein getroffen habe. »Anscheinend war es doch keine gute Idee, hierherzukommen.« Sie wendet sich von uns ab und will die Leiter wieder hinabsteigen.

»Warum bist du hier?«, frage ich schnell.

»Ich habe dich von meinem Zimmer aus gesehen, Tara. Bei uns auf dem Hof, und ich habe mich wirklich darüber gefreut. Als ich nach draußen gekommen bin, warst du schon wieder weg, und ich dachte, ich komme einfach zum Gnadenhof, schließlich hattest du Moon dabei«, erklärt Celina. »Als ich dich nicht gefunden habe, bin ich rüber zu deiner Mutter. Die hat mir gesagt, dass ihr hier seid.«

»Hier darf man nur auf Einladung rauf«, sagt Finn. »Und wie ich das sehe, hast du keine.«

»Ist ja schon gut, ich geh ja.« Celina sieht traurig aus.

»Jetzt wartet doch mal.« Ich versuche, Celina am Arm zu greifen und aufzuhalten. »Ja, ich wollte vorhin zu dir. Aber dann habe ich zufällig eine Unterhaltung zwischen deinem Vater und einem anderen Mann mitbekommen. Sie wollen den Gnadenhof kaufen und Rosenthel 2 daraus machen. Wusstest du das?«

Sie reißt die Augen auf. »Was? Davon habe ich nichts gewusst, ehrlich nicht! Mein Vater bespricht seine Pläne nicht mit mir.« Sie sieht direkt zu Ina. »Das tut mir leid, das muss schlimm für dich sein. Aber ich hatte absolut keine Ahnung.«

»Also, ich glaube ihr!«, sagt Maja da und schaut Finn und Ina abwechselnd in die Augen. Ich kenne diesen Blick. Wenn Maja von etwas überzeugt ist, steht sie dafür ein. Egal, was andere davon halten. Ich habe sie schon immer dafür bewundert. Sie macht sich für das, was sie für richtig hält, stark.

»Ich auch«, sage ich.

»Ist gut!« Ina sieht zu Finn. »Vielleicht sagt sie ja wirklich die Wahrheit.« Finn verschränkt die Arme, widerspricht aber nicht.

»Das tue ich! Und jetzt erzähl mir bitte genau, was du gehört hast, Tara.«

Wir sitzen alle im Stroh, während ich Celina von der Unterhaltung ihres Vaters erzähle. Ich kann an ihrer Reaktion erkennen, dass sie uns nicht angelogen hat. Sie ist schockiert, genau wie ich es war, und es wirkt nicht geschauspielert oder so.

»Und dann bin ich sofort abgehauen«, beende ich meinen Bericht.

Finn scheint noch nicht ganz überzeugt von Celina zu sein. »Dein Vater will Ina das Zuhause wegnehmen. Und den Tieren auch. Was passiert denn mit den ganzen Pferden und Hühnern, wenn dein Vater den nächsten Luxushof baut? Das hier ist die letzte Anlaufstelle für sie gewesen.« Er sieht in die Runde. »Das darf auf keinen Fall passieren, da sind wir uns alle einig, oder?«

»Also, wenn ich irgendwie helfen kann …«, beginnt Celina schüchtern, »… dann mach ich das. Habt ihr denn schon eine Idee? Was können wir tun?«

»Lasst uns gemeinsam überlegen«, sagt Ina und nickt Celina zu.

Ein kleines Lächeln huscht über Celinas Gesicht. Ich finde sie noch immer nicht arrogant, im Gegenteil, sie ist nett. Finn und Ina müssen sie in eine falsche Schublade oder so gesteckt haben.

»Wir müssen irgendwie an Geld kommen!«, sagt Finn da. »Und zwar jede Menge, schätze ich mal.«

»Und woher willst du das nehmen? Ich glaube nicht, dass wir das Geld einfach verdienen können. Wenn Mama es schon nicht aufbringen kann …«, wirft Ina ein.

»Wie wäre es, wenn wir ein großes Hoffest veranstalten? Mit Kuchenverkauf, Dosenwerfen, Losekaufen. Wir könnten einen richtigen kleinen Rummel veranstalten«, schlägt Maja vor.

Da mischt sich Celina plötzlich ein. »Meint ihr nicht, wir sollten erst mal mit unseren Eltern über alles reden? Wir wissen ja noch gar nicht genau, was Sache ist. Das Gespräch klang zwar eindeutig. Aber hier geht es immerhin um meinen Vater. Da liegt es doch nahe, dass ich erst mal mit ihm rede.«

»Ja, vielleicht ist das keine schlechte Idee«, meint Ina. »Du sprichst mit deinem Vater, und ich werde mit meiner Mutter reden. Am besten jetzt sofort.«

»Ich mache mich direkt auf den Weg.« Celina steht auf und klopft sich Stroh von ihrer Hose.

»Kommst du danach wieder und sagst uns, wie es gelaufen ist?«, frage ich.

»Das mach ich!«, sagt Celina und klettert die Leiter runter, dicht gefolgt von Ina.

»Tara?« Maja stupst mich plötzlich in die Seite.

»Ja?«

»Ich glaube, Moon und du, ihr habt eure Aufgabe gefunden.«

»Wir sollen den Gnadenhof retten«, flüstere ich, und Gänsehaut kriecht über meinen ganzen Körper.

Maja greift nach meiner Hand. »Ja.«

21.

Wir geben nicht auf!

Eine ganze Weile sitzen Finn, Maja und ich schon auf dem Heuboden und grübeln über diese neue Enthüllung nach. Dann klettert Ina mit versteinerter Miene die Leiter zu uns hoch.

»Es stimmt!«, sagt sie und lässt sich zu uns ins Heu fallen. »Der Rosenthel kommt morgen, und dann wird es ziemlich schnell eine Entscheidung geben.«

»Wie? Einfach so? Und deine Mama hätte es dir gar nicht erzählt?«, fragt Maja. »Wie fies ist das denn!«

»Sie hat es nicht übers Herz gebracht, wollte mich nicht belasten …«

»So ein Pferdemist! Und deine Mutter sieht keine Chance, das irgendwie wieder hinzubekommen?«, frage ich und lege Ina eine Hand auf die Schulter.

»Nein … Leider nicht. Wenn nicht plötzlich ein Wunder passiert, werden wir den Hof verlieren. Wo sollen wir dann hin? Und was passiert mit den ganzen Tieren? Sie haben doch nur uns!«

»Jetzt bleib erst mal ruhig, wir lassen uns etwas einfallen!«, sage ich.

»Mama hat gesagt, dass jemand sehr viel Geld in den Hof stecken müsste, damit sich etwas an der Situation ändert. Wir bräuchten eine gigantische Spende, und quasi über Nacht!«

»Okay, aber wenn wir erst mal etwas Zeit gewinnen, indem wir den Rosenthel davon abhalten, einen Luxushof aus dem Gnadenhof zu machen, können wir uns vielleicht etwas anderes einfallen lassen. Die Idee mit der Veranstaltung war doch eigentlich gar nicht schlecht. Und da gibt es bestimmt noch viel mehr Möglichkeiten, über die wir noch gar nicht nachgedacht haben«, schlägt Finn vor. Er sieht aus, als hätte ihm jemand sein Herz gebrochen.

»Genau, das sehe ich auch so! Sagt mal, wo bleibt eigentlich Celina?«, fragt Maja.

»Vielleicht versetzt sie uns …«, murmelt Finn. »Sorry, aber so ganz traue ich der immer noch nicht.«

»Sie wird schon kommen«, meint Ina. »Ich glaube wirklich, sie hat die Wahrheit gesagt.«

»Ja. Und vielleicht konnte sie ihren Vater ja sogar dazu überreden, noch mal über alles nachzudenken?«

»Tara, das glaubst du doch wohl selbst nicht«, meint Finn. »Nicht den Rosenthel, den bekommt niemand weichgeklopft. Der hat nur Profit im Sinn.«

Plötzlich lässt mich ein lautes Poltern zusammenzucken. Es kracht erneut und hört sich an, als würde etwas über den Boden schleifen. Ina, Maja, Finn und ich springen auf und schauen aus dem Fenster. Draußen ist Celina, sie zieht einen Bollerwagen hinter sich her, der bis obenhin gefüllt zu sein scheint.

»Was hast du denn vor?«, rufe ich ihr zu und lache.

»Das werdet ihr gleich sehen, ich komme hoch!«, ruft Celina zurück, stellt den Bollerwagen vor der Scheune ab und lässt sich kurz darauf auch schon zu uns ins Stroh fallen. »Es stimmt leider, Tara. Mein Vater will den Hof hier kaufen.«

»Ja, Inas Mutter hat das auch schon bestätigt«, erklärt Finn.

»Und konntest du deinen Vater davon überzeugen, noch mal über die Sache nachzudenken?«, hake ich nach.

»Keine Chance. Er hat mir überhaupt nicht richtig zugehört.«

»Sag ich doch!«, quatscht Finn dazwischen und schüttelt den Kopf.

»Und dann? Was hast du dann gemacht?«, fragt Ina.

»Ich habe ihm gesagt, dass wir uns morgen sehen und ich ab heute auf dem Gnadenhof wohne. Dann habe ich meine Sachen gepackt und bin zu euch gekommen.«

»Zu Fuß?«, fragt Maja.

Celina nickt.

»Warte, du hast ihm gesagt, dass du jetzt hier wohnst?« Ina sieht Celina mit großen, etwas ungläubigen Augen an.

»Ja. Ich dachte, wenn Papa mir schon nicht zuhört, versteht er vielleicht, was er macht, wenn ich weg bin. Außerdem müssen wir vorbereitet sein, wenn er morgen mit den anderen beiden Geschäftsleuten hier aufläuft. Dabei können wir nicht einfach so zusehen!«

»Stimmt, auf keinen Fall! Du hast aber nicht zufällig schon einen Plan, was wir tun könnten?«, fragt Ina.

Celina zuckt mit den Schultern. »Leider nicht.«

»Hmm«, macht Maja und legt den Kopf schief. »Ein Hoffest reicht vielleicht doch nicht aus. Aber was ist, wenn wir von einer anderen Seite an das Problem rangehen?«

»Was meinst du?«, fragt Ina.

»Ja, so kurzfristig werden wir kein Hoffest organisieren können«, sage ich.

»Und was sollen wir dann machen? Einfach aufgeben?«, fragt Ina.

»Das kommt gar nicht infrage«, entfährt es Finn. »Wir geben euer Zuhause nicht so einfach auf.«

»Unser Zuhause«, sagt Ina und schaut Finn traurig an.

»Genau, und das Zuhause von so vielen Tieren, die keiner mehr wollte … Wo sollen Buddy, Storm und die anderen denn dann hin?«, sagt Maja.

Zuhause … Plötzlich erscheint mir alles ganz klar. »Ich habe eine Idee!«

»Echt?«, fragt Finn und schaut mich hoffnungsvoll an.

»Was denn?«, fragt Maja.

»Das erkläre ich euch gleich. Ina, wo hast du denn deinen Bastelkram?«, frage ich und grinse meine Freundin an.

✦

Gemeinsam schleppen wir eine ganze Menge Plakate, Stifte, Farbe, bunte Bänder und andere Bastelmaterialien zum Heuboden hoch. Es ist mittlerweile recht spät, normalerweise wäre ich schon ins Bett gefallen. Doch jetzt ist keine Zeit für Müdigkeit. Wir legen den Bastelkram in die Mitte unseres Lagers und setzen uns drumherum.

»Ich hoffe, du kannst damit umgehen, Finn«, feixt Celina.

Ina grinst, und auch Finn scheint sich langsam an Celinas Gegenwart zu gewöhnen. Er ist sichtlich entspannter.

»Was für ein Klischee! Du wirst schon sehen …« Finn wendet sich an mich. »Aber vorher kannst du endlich mal mit der Sprache rausrücken, Tara. Wofür ist das ganze Zeug?«

»Um eine Geschichte zu erzählen. Vielleicht können wir sie überzeugen, wenn sie verstehen, was sie mit der Schließung des Gnadenhofes anrichten würden«, erkläre ich.

»Welche Geschichte?«, fragt Maja.

»Na, die der Tiere. Was sie bisher erlebt haben, wer sie sind. Und dass sie ein gutes Leben verdient haben, welches sie hier bekommen«, sage ich und zeige auf die Plakate. »Wir haben ein bisschen was zu tun, oder hat jemand eine bessere Idee?«

Ohne zu murren, machen wir uns ans Werk. Wir basteln Plakate, reden über die Geschichten der Tiere und unsere. Wir lachen viel, und zwischendurch sind wir alle gemeinsam auch ein bisschen traurig.

»Celina«, sagt Finn plötzlich. »Ich muss mich entschuldigen, eigentlich bist du voll in Ordnung!«

Celina wird etwas rot. »Ich finde euch alle auch ziemlich cool, schon lange, ehrlich gesagt.«

»Dann sollten wir vielleicht öfters abhängen, was meinst du?«, schlägt Ina vor.

»Klar, sehr gern«, sagt Celina, während sie lächelnd einen Stern auf eines der Plakate klebt.

✦

Maja streckt sich und gähnt dabei herzhaft. Mittlerweile ist es stockduster draußen, und die Sterne funkeln am Himmel. Bestimmt ist es schon nach Mitternacht.

»Ich glaube, das wird reichen«, sagt Finn und klopft sich selbst auf die Schulter. »Wir haben richtig was geschafft!«

»Und wie, ich bin stolz auf uns!«, sagt Ina und legt ein weiteres Plakat auf den ziemlich großen Stapel. »Morgen früh müssen wir nur noch ein paar Hölzer besorgen, aber das bekommen wir bestimmt hin.«

»Darum kann ich mich kümmern, ihr könnt ja in der Zeit den Rest vorbereiten. So sind wir schneller fertig«, erklärt Finn.

Der Mond leuchtet durch die kleine Dachluke, als wir uns schließlich zum Schlafen hinlegen.

»Wehe, irgendjemand von euch schnarcht«, sagt Maja und gähnt laut.

Ich fange an zu kichern, behalte aber für mich, was ich denke. Denn wenn hier jemand ein Schnarchkonzert geben wird, dann wird es Maja sein.

✦

Ich beobachte noch etwas den Nachthimmel, der so anders ist als in der Stadt. Ein Surren hängt in der Luft. Ich schaue zur Pferdekoppel. Moons Fell leuchtet.

»Alles okay bei dir, Tara?«, fragt Celina.

»Ja.« Ich gehe hinüber und lege mich zu den anderen ins Lager. Maja, Ina und Finn schlafen bereits. Ich höre sie schwer atmen, der Tag war für uns alle anstrengend. »Ich mag den Himmel, besonders, wenn der Mond so hell scheint.«

»Erinnerst du dich an den Tag am See? Da hast du mir erzählt, was dein Name bedeutet. Da bin ich neugierig geworden und habe nachgesehen, ob meiner auch so etwas Schönes heißt.« Sie lächelt. »Celina bedeutet die Himmlische.«

»Die Himmlische?«, wiederhole ich und schaue sie mit großen Augen an.

»Ja, mein Name leitet sich aus dem Spanischen und Französischen und so ab, *cielo* oder *ciel*, und das bedeutet Himmel.«

»Das gibt es nicht!«, rufe ich und war dabei wohl etwas laut.

»Was'n los?«, murmelt Finn verschlafen, und auch Ina blinzelt mich mit kleinen Augen an.

»Leute«, sage ich feierlich. »Was vereint Sonne, Mond und Sterne? Der Himmel!« Ich zeige auf Celina. »Ihr Name bedeutet ›die Himmlische‹.«

Alle schauen Celina an.

»Ähm, ich freue mich wirklich sehr darüber, dass euch das begeistert«, sagt sie. »Aber könnte mich bitte mal jemand aufklären? Warum starrt ihr mich so an?«

Ich wechsele einen Blick mit Maja, dann mit Ina und Finn. Wir grinsen breit, und dann lege ich los und erzähle von Moon und Kalinda.

Celina hört still zu. Schließlich sagt sie: »Ich habe am ganzen Körper Gänsehaut. Und ihr glaubt wirklich, dass ich diejenige bin, die Kalinda meint?«

»Ja«, sagen wir anderen einstimmig. »Das mussten wir zusammen schaffen.«

22.

Der Hof mit dem Herz für Tiere

»Aufstehen!«, sagt Ina und pikst in meinen Arm.

»He!«, nuschele ich. »So unsanft wurde ich schon lange nicht mehr geweckt.«

»Wir haben keine Zeit für einen entspannten Morgen.« Ina verschränkt die Arme vor der Brust. »Wir müssen den Gnadenhof retten.«

»Stimmt!«, prompt bin ich hellwach.

Ich setze mich auf und beobachte Ina dabei, wie sie an Finns Arm rüttelt.

»Ich war schon drüben und habe uns eine kleine Stärkung besorgt. Wenn wir gegessen haben, legen wir am besten direkt los. Um zwölf Uhr kommen Herr Rosenthel und die anderen beiden Investoren«, erklärt Ina.

»Aber erst mal Frühstück!« Maja schält sich aus ihrem Schlafsack und schnappt sich ein Käsebrot.

»Frühstück auf dem Heuboden.« Celina seufzt. »Wie schön es hier oben ist. Ich hoffe, dass ihr euch alle noch ganz oft hier oben treffen könnt.«

»Du bist jetzt auch willkommen«, sagt Finn, und Celina wird ein kleines bisschen rot.

»Ja, unbedingt«, stimmt Ina zu.

»Nur ich kann nicht«, murmelt Maja und ist ein wenig traurig.

»Aber du könntest immer in den Ferien kommen und bei uns arbeiten«, bietet Ina an. »Und vielleicht können wir dich ja auch mal besuchen.«

Sofort strahlt Maja wieder. »Das wäre so was von cool!«

✦

Beim Essen besprechen wir unseren Plan. Wir verteilen Aufgaben und besprechen noch einmal, was wir machen wollen, wenn Herr Rosenthel den Hof betritt. Alles muss perfekt sein, wir dürfen nichts vergessen!

»Mama weiß schon Bescheid. Sie möchte uns helfen und macht die Pferde hübsch«, sagt Ina.

»Das ist eine super Idee«, meint Celina und lächelt.

»Ich würde sagen, der Plan steht.« Finn ballt die Faust und streckt sie in die Mitte. »Bereit?«, fragt er.

»Bereit!«, sagen wir im Chor und tun es ihm gleich.

✦

Finn macht sich auf den Weg, um Hölzer zu sammeln, mit denen wir die Plakate aufstellen können. Maja und ich bewaffnen uns mit zwei Leitern und einer selbst gebastelten Girlande, um sie am Tor zu befestigen. *»Der Hof mit dem*

Herz für Tiere«, steht auf bunten, aneinandergereihten Wimpeln. Zwischen den einzelnen Wörtern hängen viele kleine Hufeisen, die wir aus bunter Pappe ausgeschnitten haben.

»Noch ein Stückchen höher!«, sagt Maja. »Ja, so ist es perfekt.«

»Sieht gut aus!«, sage ich und bewundere unser Werk prüfend aus ein paar Meter Entfernung. »Hier muss Herr Rosenthel auf jeden Fall durch!«

»Ja, das kann er nicht übersehen ... Du, Tara, ich hoffe so sehr, dass der Gnadenhof nicht geschlossen wird. Du bist doch so glücklich hier, oder?«

»Total, ich kann mir mein Leben ohne den Hof gar nicht mehr vorstellen.«

»Musst du auch nicht!«, sagt Finn, der mit einer ganzen Menge Hölzer unter dem Arm auf uns zukommt. »Wir müssen einfach daran glauben. Wenn wir es nicht tun, wie wollen wir ihn dann überzeugen?« Er stiefelt mit den Hölzern an uns vorbei in Richtung Pferdestall, wo Elli, Ina und Celina schon auf ihn warten.

»Er hat recht!«, sage ich zu Maja.

»Und wie! Komm, lass uns den anderen helfen.«

Ina, Celina und Elli haben ganze Arbeit geleistet. Der Pferdestall ist kaum wiederzuerkennen. Er ist geschmückt mit Wimpeln, bunten Bändern, Plakaten und Bildern. Direkt neben dem Stall haben sie einen Holzzaun aufgestellt, hinter dem Storm, Max und Moritz, Moon, Buddy und all die anderen Pferde und Ponys angebunden wurden. Sie sehen hübsch aus. Elli hat bunte Zöpfe in ihre Mähnen und Schweife geflochten.

»Wow!« Ich schaue mich um. »Das sieht wirklich schön aus!«

»Jetzt fehlen nur noch die Plakate«, sagt Ina.

»Vielleicht könnt ihr euch schon mal um die hier kümmern?«, fragt Finn und zeigt auf ein paar an der Wand lehnende Schilder. »Die sind fertig.«

Maja und ich stellen die Plakate auf, die die Geschichten der Pferde erzählen. Jedes Tier hat sein eigenes, ganz besonderes bekommen. So besonders, wie auch die Schicksale sind, die hinter den sanften Wesen stecken. Ich bekomme immer wieder aufs Neue Gänsehaut, wenn ich daran denke, was den armen Vierbeinern passiert ist. Umso besser ist es, sie jetzt so zufrieden zu sehen.

»Geschafft!«, ruft Maja, nachdem sie das letzte Schild befestigt hat. Zufrieden klopft sie sich die Hände an ihrer Hose ab.

»Genial!«, sagt Celina.

»Dein Vater kann kommen«, sagt Finn.

»Ja, das kann er …« Celina nickt entschlossen. »Und ich hoffe, dass er nicht allzu viel schlechte Laune mitbringt.«

Plötzlich fängt Ruby an zu bellen und rennt zum Hoftor.

»Auf eure Plätze, das ist bestimmt mein Vater«, sagt Celina und stellt sich zu Fips, dem kleinen, gepunkteten Zirkuspony.

Doch kurz darauf höre ich die Stimme meiner Mutter. »Tara, Schatz!«, ruft sie.

»Hallo, Mama, was machst du denn hier?«

»Ich habe heute Morgen mit Elli gesprochen. Sie hat mir

erzählt, was ihr Kids vorhabt. Da sind wir dabei! Barbara und ich unterstützen euch. Wie können wir helfen?«

»Wie cool!«, platzt es aus Ina raus. »Kommen Sie einfach mit zu uns!«

Mama geht mit mir zu Buddy. Tante Barbara läuft rüber zu Finn und Celina.

Ich drücke mich fest an meine Mutter und flüstere: »Danke, Mama! Ich bin froh, dass du da bist.«

Genau in dem Moment sehe ich drei Männer in schwarzen Anzügen auf uns zukommen. Mit strammen Schritten betreten die drei den Hof.

»Elli, was ist denn hier los?«, fragt Herr Rosenthel. Dabei kneift er seine Augen zu einem kleinen Schlitz zusammen und verschränkt die Arme vor der Brust.

Ich schaue zu Celina. Sie scheint sich sehr unwohl zu fühlen und verschwindet immer mehr hinter Tante Barbara.

»Hallo, Thomas. Hallo, Herr Meyer, Herr Strunk«, sagt Elli und nickt den Männern zu. »Thomas, ich glaube, die Kids möchten dir gerne etwas sagen.«

»Aha, Celina, was soll der Unfug?«, fragt Herr Rosenthel mit erhobener Stimme, der seine Tochter sofort entdeckt hat.

Ich schaue zu Celina. An ihrem Hals haben sich rote Flecken gebildet, sie tippelt nervös von einem Bein auf das andere. Tante Barbara legt ihr einen Arm um die Schultern und schaut mich an. Eigentlich ist es Celinas Part … Aber wir müssen uns gegenseitig helfen. Ich räuspere mich und gehe einen Schritt nach vorn. »Hallo, Herr Rosenthel«, sage ich und grinse schief. »Ich bin Tara. Ich wohne nebenan und komme jeden Tag her, um mich um die Tiere zu kümmern. Der Gnadenhof ist mein zweites Zuhause. Und nicht nur meins. Meine Freunde und ich sind heute hier, weil wir Ihnen Geschichten erzählen wollen.«

Es dauert einen kleinen Moment, doch dann strafft Celina ihre Schultern und geht einen Schritt auf ihren Vater zu. »Hallo, Papa. Das ist Fips«, sagt sie und zeigt auf das Pony. »Fips war mal ein Zirkuspony. Er stand jeden Tag im Zelt. Hatte Auftritte, wurde angefasst, war immer freundlich und hat sein Bestes gegeben. Irgendwann wurde Fips zu alt. Seine Leistung reichte nicht mehr aus. Und dann wurde Fips einfach ausgesetzt. Gäbe es den Gnadenhof nicht, gäbe es Fips vielleicht nicht mehr«, erzählt Celina und geht wieder einen Schritt nach hinten.

»Das ist wirklich eine bedauernswerte Geschichte, mein Schatz, aber …«, sagt Herr Rosenthel. Doch er kommt nicht dazu, seinen Satz zu vollenden.

»Das ist Storm«, beginnt Ina zu erzählen. »Storm war mal ein Springpferd. Ein sehr gutes sogar, wenn nicht eines der besten. Sie war fleißig, immer zu einhundert Prozent da und hat eine Menge Preisgelder gewonnen. Bis Storm einen Unfall hatte und nicht mehr springen konnte. Sie wurde einfach aussortiert, keiner wollte sie noch haben. Der Unterhalt sei zu teuer, haben sie behauptet. Gäbe es den Gnadenhof nicht, hätte Storm kein Zuhause.«

»Hallo, Herr Rosenthel, das ist Buddy«, erzähle ich und trete einen Schritt nach vorn. »Buddy ist eines der freundlichsten Pferde, das ich je kennengelernt habe. Buddy war schon immer so freundlich. Auch dann noch, als seine Besitzerin verstorben war und er monatelang verwahrlost und ohne Betreuung leben musste. Buddy war sehr krank, und er hatte Angst vor Menschen. Durch den Gnadenhof ist er wieder gesund geworden und fasst wieder Vertrauen.«

Finn, Ina, Maja, Celina und ich erzählen den drei Männern die Geschichten aller Pferde, die auf dem Gnadenhof leben. Es ist mucksmäuschenstill. Die Erwachsenen hören uns gebannt zu, wir haben ihre volle Aufmerksamkeit.

»Papa, der Gnadenhof ist richtig und wichtig. Er ist ein Zuhause, ein sicherer Ort, eine Anlaufstelle für alte, kranke und ungeliebte Pferde. Es gibt viel zu wenig Orte wie diesen. Bitte, bitte nimm den Tieren nicht auch noch diesen hier weg.«

Einen kurzen Moment sagt keiner ein Wort. Herr Strunk findet zuerst die Sprache wieder. »Zauberhafte Vorstellung, aber das ist jetzt nicht mehr wichtig.«

»Ja, es gibt viele bedauernswerte Schicksale, damit können wir uns nicht auch noch befassen«, bestätigt Herr Meyer. »Nicht wahr, Herr Rosenthel? Wir sind uns doch einig, oder?«

»Ja, wir sind uns einig!«, sagt Herr Rosenthel.

Mit diesem Satz lässt Celina den Kopf hängen, Tränen laufen über ihr Gesicht. Die ganze Hoffnung, die wir hatten, verpufft durch ein paar kleine Worte.

»Allerdings finde ich es gut, dass Teenager sich heutzutage so stark für etwas einsetzen. Und wenn es meiner Tochter so viel bedeutet …«

»Was soll das heißen, Papa?«, fragt Celina und wischt sich mit dem Handrücken die Tränen von den Wangen.

»Das heißt, dass ich den Gnadenhof nicht aufkaufen werde. Schatz, ihr erinnert mich an mich, als ich das erste Mal meine Leidenschaft für die Pferdewirtschaft entdeckt habe.«

»Wir haben also noch Zeit?«, fragt Ina.

Er sieht sich um, schweigt, sieht sich wieder um. »Wenn ich den Gandenhof nicht kaufe, wird es jemand anderes machen. Versprechen kann ich es nicht ...« Er sieht sich um. »Aber ich werde darüber nachdenken, in das Projekt zu investieren. Ihr habt recht. Die Tiere brauchen unsere Hilfe.«

»Papa, das ist ...«, beginnt Celina.

»Unter einer Bedingung, Celina! Du wirst hier ab sofort einmal in der Woche helfen. Ehrenamtlich«, erklärt er. »Auch, wenn die Schule wieder angefangen hat. Wenn du möchtest, dass das hier funktioniert, musst du etwas dafür tun. Das ist eine Übung für dich, Verantwortung zu übernehmen.«

Celina stürmt auf ihren Vater zu und fällt ihm in die Arme. »Danke, Papa! Ich werde alles machen, damit der Gnadenhof bleiben kann. Wirklich alles!«

»Und wir helfen ihr dabei!«, sagt Finn.

»Genau, als Freunde!«, sage ich.

Ina lächelt. »Ja, als Freunde!«

Epilog

5 Tage später

»Hallo, Moon«, sage ich, lehne mich ein Stück über das Geländer der Koppel und strecke meine Hand nach ihr aus. Moon kommt auf mich zugelaufen, schnaubt und drückt ihre Blesse gegen meine Hand. Seit Celinas Vater mit unserer Hilfe entschieden hat, den Gnadenhof zu retten, schimmert Moons Fell nicht mehr im Mondlicht. Seitdem ist sie eine wunderschöne, ganz normale Stute. Na ja, zumindest, wenn man nicht weiß, was in den letzten Wochen passiert ist. Maja ist vor zwei Tagen abgereist. Ich bin ein bisschen traurig, tröste mich aber mit dem Gedanken, dass sie mich in den nächsten Ferien wieder besuchen kommt. Gestern hat sie mir eine Nachricht geschickt. Sie war bei Bounty im Stall und möchte versuchen, sich ihr wieder anzunähern. Finn, Ina und Celina verstehen sich immer besser und besser. Ich glaube, wir vier können richtig gute Freunde werden.

»Na, meine Schöne.« Ich streichle Moon sanft über den Hals. Ich klettere über das Gatter und halte Moons Sidepull in die Luft. »Hast du Lust?«

Moon brummt leise und stupst mich an. Ich lege ihr das Sidepull an, führe sie von der Koppel, steige auf ihren Rücken und trabe vom Gelände des Gnadenhofes. Auf direktem Wege in Richtung der Felder, wo wir endlich wieder fliegen können. Während wir durch die Weite galoppieren, denke ich an Kalinda. Es ist nur so ein Gefühl, aber ich bin mir sicher, dass ich sie ganz bald wiedersehen werde.

Wir sind über eine Stunde lang unterwegs. Als ich fast zurück bin, fällt mir sofort der Schimmel auf, der vor dem Haus bei uns auf dem Resthof steht.

»Wir haben Besuch«, sage ich zu Moon.

Sie wiehert leise.

Der Schimmel hat uns bemerkt. Mit wehender Mähne kommt er auf uns zugaloppiert.

Moon bleibt stehen und schnaubt leise. Die beiden scheinen sich zu kennen.

Auf der Blesse des Schimmels entdecke ich drei dunkle Flecken, die mich an kleine Sterne erinnern. »Das gibt's ja nicht«, entfährt es mir, und Gänsehaut zieht über meinen Körper.

Im nächsten Moment falle ich fast vom Pferd vor Überraschung. Mama kommt aus dem Haus und hinter ihr eine Frau. Sie hat langes graues Haar und trägt ein weißes Kleid.

Moon hat sie auch entdeckt. Sie schnaubt leise und trabt zum Haus. Der Schimmel folgt uns.

Mir fehlen die Worte. Mama hingegen winkt gut gelaunt.

»Wir haben Besuch, Schatz«, ruft sie.

Ich steige von Moon und gehe auf die beiden zu.

»Darf ich vorstellen«, sagt Mama. »Das ist Kalinda, die Schwester meiner Großmutter. Sie ist also deine Urgroßtante. Die letzten Jahre hat sie in Afrika gelebt. Aber jetzt ist sie wieder da, und heute ist sie spontan zu uns gekommen.«

Mir klappt die Kinnlade runter. Deswegen kam Kalinda mir bekannt vor. Wir sind miteinander verwandt! Dass Oma eine Schwester hat, wusste ich. Kennengelernt habe ich sie nie.

In meinem Kopf explodieren tausend Gedanken auf einmal.

Da sagt Kalinda: »Hallo, Tara, da bist du ja. Schön, dich wiederzusehen. Und du hast Moon mitgebracht. Das hier ist Stardust.«

Stardust heißt der Schimmel also, Sternenstaub, das passt!

»Hallo«, bringe ich endlich über die Lippen.

Meine Urgroßtante lächelt mich an. »Leuchtet Moon noch?«, fragt sie.

Ich schüttle den Kopf.

»Dann hast du deine Aufgabe also erfüllt.« Sie nickt. »Gut gemacht, ihr beiden!«

»Ihr kennt euch?«, sagt Mama. »Das wusste ich gar nicht.«

Kalinda lächelt geheimnisvoll. »Ja, wir haben uns schon getroffen. Uns verbindet ein Band, das sehr stark ist.« Sie streicht über Stardusts Blesse. »Die Liebe zu Pferden. Es ist eine lange Geschichte, die vor sechzig Jahren begann.«

»Das klingt spannend«, sagt Mama.

Und das finde ich auch.

Danksagung

Mein Dank gilt:

Meinen Lektorinnen Maike Brandhoff und Isabelle Erler, die so viel Herzblut in die Geschichte gesteckt haben. Vielen Dank für die großartige Zusammenarbeit!

Meinem Literaturagenten Bastian Schlück, ohne den es dieses Buch nicht geben würde. Vielen Dank für Ihre wertvolle Unterstützung!

Carina Mathern, die seit unserem ersten Treffen an Moon geglaubt hat. Vielen Dank für das Vertrauen!

Meinem Lebensgefährten Daniel, der mich unterstützt und immer für mich da ist. Danke, dass es dich gibt!

Meiner Freundin Hannah, mit der ich seit vielen Jahren Pferde stehlen kann. Danke für deine Freundschaft!

Meiner Freundin Chris und ihrer Tochter Ina, die mir ihr geheimes Pferdewissen anvertraut haben. Danke für eure liebevolle Unterstützung!

Über die Autorin

© Salvatore Russo

Christin-Marie Below wuchs zwischen jeder Menge Büchern, Liedern und Farbe auf. Mittlerweile schreibt sie selbst Geschichten für Erwachsene und für Kinder. Vor allem bei Letzteren ist es ihr sehr wichtig, starke Figuren zu erschaffen, mit denen Kinder sich identifizieren können. Wenn Christin-Marie Below nicht am Schreibtisch sitzt, findet man sie auf einer ihrer Lieblingsinseln, um vor Ort zu recherchieren.